帰って来た刺客

栄次郎江戸

小杉健治

時代小説

二見時代小説文庫

目次

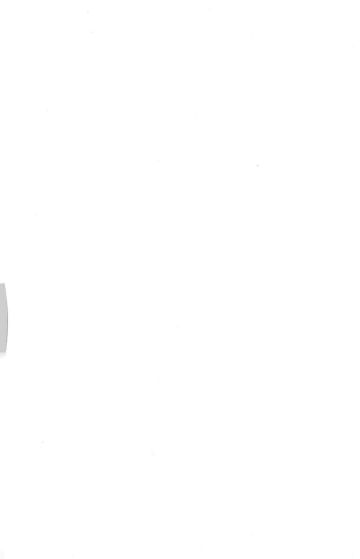

帰って来た刺客——栄次郎江戸暦24

『帰って来た刺客――栄次郎江戸暦24』の主な登場人物

矢内栄次郎《やないえいじろう》……一橋治済《はるさだ》の庶子。三味線と共に市井《しせい》に生きんと望む。田宮流抜刀術の達人。

矢内栄之進《やないえいのしん》……矢内家の家督を継いだ栄次郎の兄。御徒目付《おかちめつけ》を務める御家人。

崎田孫兵衛《さきたまごべえ》……お秋を腹違いの妹と周囲を偽り囲っている、南町奉行所の年番方与力。

伝蔵《でんぞう》……自己流ながら鑿《のみ》をふるう豊島町に住む仏師《ぶっし》。

おその……大黒屋笹五郎の女房だったが、故あって伝蔵と所帯を持つことになった。

真島又一郎《ましままたいちろう》……何者かに喉を斬られ死んだ御徒目付。栄之進とは朋輩であった。

信州屋河太郎《かわたろう》……材木問屋「信州屋《しんしゅうや》」の主人。真島又一郎と最後に会った男。

勘助《かんすけ》……以前の事件で栄次郎と知り合った岡っ引き。

闇太郎《やみたろう》……何人もの喉を斬って殺害する殺し屋。正体が掴めずに奉行所でこう呼ばれる。

笹五郎《ささごろう》……闇太郎により殺されたと見られる口入れ屋「大黒屋」の主人。

徳之助《とくのすけ》……平田屋の番頭。主・伊右衛門に見込まれ婿入りが決まっていたが……。

早瀬佐兵衛《はやせさへえ》……御徒目付組頭。作事奉行と繋がりを持つ。

右田喬平《みぎたきょうへい》……闇太郎に殺された小普請組の御家人。

館山新十郎《たてやましんじゅうろう》……右田喬平の代わりに御番入りが決まった御家人。

神崎威太郎《かんざきいたろう》……検校《けんぎょう》の用心棒にして江戸最強と呼ばれた叔父・威一郎の死後姿を消す。

第一章　帰って来た刺客

一

薬研堀《やげんぼり》にある料理屋『久《ひさ》もと』を出たときから雲行きが怪しかった。黒い雲の流れが速い。岩井文兵衛《いわいぶんべえ》の駕籠《かご》はすでに出立していた。

矢内栄次郎《やないえいじろう》は久しぶりに文兵衛と酒を酌み交わした。

亡くなった矢内の父が一橋《ひとつばし》家二代目治済《はるさだ》の近習番を務めていたとき、一橋家の用人をしていたのが文兵衛だった。矢内の父が亡くなったあとも、栄次郎と文兵衛のつきあいは続いていた。

文兵衛は粋人で、そんなところも気が合った。

栄次郎は人気《ひとけ》のない柳原通《やなぎわらどお》りに入った。そのとき、ぽつりと頬に冷たいものが当たった。やはり、降りだしてきた。

栄次郎は急ぎ足になった。上空は厚い雲に覆われていた。突然、大粒の雨が激しく落ちてきた。

柳原の土手には古着屋の床店《とこみせ》が並んでいる。店の者はここに通《かよ》って商売をしているので、夜には誰もいない。栄次郎はそこの軒下に駆け込んだ。

濡れた髪や顔を拭いていると、先に雨宿りをしていた男に気づいた。四十半ばぐらいの引き締まった顔だちの男だ。

目が合い、栄次郎は会釈をする。男も軽く頭を下げた。

雨は地べたに激しく打ちつけ、あちこちに水たまりが出来つつあった。

「止《や》みそうもありませんね」

栄次郎は思わず呟《つぶや》いた。

男は何か言ったが、雨音に声がかき消された。通り雨ではないようです、と言ったようにも思えた。

きき返すのも悪いので、栄次郎は曖昧に頷《うなず》く。

黒い影が目の前を通りかかった。暗い上に雨で視界が悪い。

「おその」

いきなり、男が呼びかけた。すると、影が近付いて来た。三十過ぎと思える細身の女が差している唐傘とは別にもう一本を手に持っていた。

「ああ、やっぱり、ここだったのね」

女が微笑んだように思えた。男を迎えに来たようだ。

「はい」

「すまねえ」

男は女から傘を受け取ったあと、女に何か囁《ささや》いた。それから、顔を栄次郎に向けた。

「お侍さま」

男は栄次郎に傘を差し出した。

「これをお使いください」

「でも」

栄次郎は戸惑った。

「どうぞ」

女も笑みを浮かべ、

「うちはここから近いんです。雨が降ってきたから傘を持って迎えに来ましたけど、私たちは一つ傘でだいじょうぶですから」

「当分、止みそうもありません。どうぞ、お使いください」

男は勧《すす》めた。

「よろしいのですか」

栄次郎は好意を受け取ることにした。

「もちろんです」

男は大きく頷いた。

「では、お借りいたします」

栄次郎は傘を受け取り、

「お家はどちらでしょうか。お名前を教えていただけますか。明日、必ずお返しに上がります」

と、きいた。

「いいですよ」

男が首を横に振った。

「それはいけません。私は矢内栄次郎と申します」

栄次郎が名乗ると、

「私は伝蔵《でんぞう》と申します。家内のおそのです。住まいは豊島町《としまちょう》です」

と男は言い、ふたりして一つ傘で去って行った。

ふたりを見送ってから、栄次郎も傘を広げて雨の中を歩きだした。激しい雨にすでに道はぬかるみ、水たまりも出来ていた。

昌平橋《しょうへいばし》を渡り、湯島聖堂《ゆしませいどう》の前に差しかかった。雨は止む気配がない。暗い夜道で雨のため視界が悪い。

雨音に混じって悲鳴のような声が聞こえた。栄次郎は耳を澄ませた。もう声は聞こえない。すると、前方から黒いものが走って来るのがわかった。相手はこっちに気づかず、まっすぐ向かって来た。

笠をかぶり、合羽《かっぱ》を着た侍だ。侍が走って来た後方に黒い影が横たわっているらしいのが見えた。

「お待ちください」

栄次郎は行く手に立ち塞《ふさ》がった。

「退《の》け」

重々しい声だ。笠の内の顔を覗く。覆面をしている。

「向こうにどなたか倒れています」

「退《ど》かぬなら」

いきなり、覆面の侍が抜き打ちに斬りつけてきた。栄次郎はとっさに避《よ》けたが切っ先が傘に掠《かす》った。

鋭い剣だ。相手は刀を目の前に立てて構えた。刀の柄《つか》を握る手を見た。右手は薬指と小指で握り。他の三本の指は立てている。左手はしっかり握っているが、右手はただ支えているだけだ。

やがて、前方でひと声がした。提灯《ちょうちん》の明かりが揺れていた。ひとが駆けつけたのだ。

いきなり、相手は間合《まあ》いを詰め、剣を斜め後方に倒し、右手をいったん離し、逆手《さかて》に握り直し、突進して来た。

凄まじい剣の速さで、思わず傘を突き出して防戦した。傘は輪切りのようにすぱっと真っ二つに裂けた。

全身に雨が降り注いだ。栄次郎が刀の柄に手をかけたとき、賊は栄次郎の脇をすり抜けた。

栄次郎は真っ二つになった傘を拾い、倒れている影のほうに向かった。近くの辻番所から番人が提灯を持って駆けつけていた。

「お侍さん。今、賊と出くわしましたか」

合羽を着た番人が提灯の明かりを栄次郎に向けてきいた。

「ええ、私に斬りつけてから逃げて行きました。これです」

栄次郎は斬られた傘を見せる。

「どんな男ですか」

「笠の下の顔は覆面をしていました。背は私ぐらいで、痩《や》せていました」

「そうですか。あわてて辻番所に駆けつけて来た供《とも》の中間《ちゅうげん》も同じようなことを言ってました」

番人は興奮していた。

「中間？　そこに倒れているのはお侍なのですか」

死体には莚《むしろ》がかけられ、そこに雨が強く当たっていた。

「本郷《ほんごう》に屋敷がある直参《じきさん》の真島又一郎《ましまたいちろう》どのだそうです」

「真島又一郎さまですか。傷は？」

「喉《のど》を斬られています」

「喉……」

刀を逆手に持って喉に斬りつけたのだろう。

「すみません。傷を確かめさせていただけますか」

「どうぞ」

栄次郎は莚をめくった。番人が提灯の明かりを向けた。喉仏が綺麗《きれい》に裂かれていた。改めて、凄まじい剣だと唸《うな》った。

「見事な斬り口です」

栄次郎は呟いた。

栄次郎は全身がびしょ濡れだった。別の番人が番所から唐傘を持って来てくれた。

「お使いください」

「すみません」

栄次郎はまた新たに傘を借りた。

「辻斬りでしょうか」

番人がきいた。

「辻斬りがこのような雨の日に現れるとは思えませんが」

傘を持って、栄次郎は言う。

「辻斬りではないと？」

番人が言う。

「覆面をしていたことも気になります」

「失礼ですが、お名前をお聞かせ願えますか。奉行所の者がやって来たら、いちおうあなたのこともお知らせしておこうと思います。賊と対峙《たいじ》をしているのですからね」

「ええ、本郷の矢内栄之進《えいのしん》の屋敷の部屋住《へやずみ》で、栄次郎と申します。もし、私に用があるなら、浅草黒船町《あさくさくろふねちょう》のお秋《あき》というひとの家を訪ねるようにお伝えください」

「浅草黒船町のお秋さんですね」

　番人は確かめる。

「はい。では、お願いいたします」

　あとを辻番所の番人に任せ、栄次郎は帰路についた。初冬の季節の雨は冷たく肌に染み込んだ。

　本郷の屋敷に着き、勝手口で濡れた着物を脱ぎ、体を拭いていると、兄が顔を出した。

「ずぶ濡れではないか。寒いだろう」

　兄が眉根を寄せ、

「風邪《かぜ》を引くといけない。お湯を用意させよう」

「いえ。だいじょうぶです」

今度は足を洗いながら、栄次郎は言う。

「着替えを持ってこよう」

「このまま部屋に駆け込みます」

栄次郎は褌《ふんどし》ひとつの格好だった。

栄次郎は自分の部屋に行き、着替えた。

兄がついて来て、

「何かあったのか」

と、きいた。

「帰る途中で、お侍が何者かに斬られる現場に出くわしました」

「侍が斬られた？」

兄がきき返した。

「ええ、真島又一郎さまという直参が斬られたそうです」

「なに、真島又一郎だと」

兄の思いがけない大声に、栄次郎は驚いた。

「ご存じでいらっしゃいますか」

「朋輩《ほうばい》だ」

「では、御徒目付《おかちめつけ》さまですか」

栄次郎も啞然とした。

「そうだ」

兄は暗い表情をした。

「真島どのほどの使い手が斬られるとは……」

「真島さまは腕が立ったのですか」

「そうだ、一刀流の達人だ。おいそれと斬られるような男ではない」

兄は憤然と言い、

「これから、真島さまのところに行ってみる」

「お待ちください。お屋敷は混乱しておりましょう」

栄次郎は注意をした。

「そうだな」

そう言い、兄は自分の部屋に戻ろうとした。

「兄上、岩井さまにお会いしてきました」

栄次郎は声をかけた。

「そのことは後日聞こう」

「はい」

兄は真島又一郎が斬られたことに衝撃を受け、かなり動揺しているようだ。

そのわけは真島又一郎が御徒目付だということから想像がつく。このような雨の夜に辻斬りが現れるとは思えない。

つまり、最初から真島又一郎と知って襲ったのであろう。

御徒目付は御目付の支配下で旗本や御家人の監察をする役目がある。真島又一郎は何かのお役目の最中だったのではないか。

真島又一郎は一刀流の達人だという。そんな武士が喉を斬られたのだ。あの覆面の男はかなりな腕の持ち主だ。事実、栄次郎でさえも襲ってくる剣を逃れるのに精一杯だった。

あの者は殺し屋か。


翌朝、昨夜来の雨は上がっていた。栄次郎が起きたときにはすでに兄は起きていた。

「これから真島どののところに行ってくる」

兄は沈んだ声で言い、出かけて行った。

栄次郎はいつものように庭に出て。物置小屋の近くにある柳の木を相手に素振りをする。田宮流居合術《たみやりゅういあいじゅつ》の達人である栄次郎は毎日の鍛錬を欠かさなかった。

居合腰から抜刀し、小枝の寸前で切っ先を止め、鞘に納める。それを何度も繰り返すのだった。

半刻（一時間）ほど、汗を流して切り上げる。

それから朝餉を食べ終えたとき、兄が帰って来た。

「いかがでしたか」

「無念そうな顔をしていた。供をした中間《ちゅうげん》の話では、昨夜は神田明神《かんだみようじん》境内にある『沢《さわ》むら』という料理屋に行ったそうだ」

「どなたかとお会いしたのでしょうか」

「材木問屋の『信州屋《しんしゆうや》』の主人と会ったそうだ」

「真島さまは何かお調べだったのでしょうか」

「ある旗本を探っていたらしいが、詳しいことは聞いてない」

兄は多くを語ろうとせず、

「これから登城する」

と言い、自分の部屋に入って行った。

栄次郎は辻番所から借りた傘を持って屋敷を出た。

本郷通りを湯島のほうに向かう。あちこちに水たまりが出来、道もぬかるんで歩きづらい。行き交う者も往生《おうじよう》していた。

本郷一丁目を過ぎて湯島六丁目になる。両脇に武家屋敷が並び、やがて湯島聖堂の塀が見え、その塀沿いに辻番所があった。

栄次郎は辻番所の前に立った。昨夜の背の高い番人がいた。

「昨夜、お借りした傘をお返しに来ました」

栄次郎は傘を出した。

「これはご丁寧に」

番人は恐縮したように傘を受け取った。

「昨夜、あれからどうなったのですか」

「奉行所から同心がやって来たのと、真島さまのお屋敷から家人が駆けつけたのと同じぐらいでした。供の者の話では神田明神境内にある『沢むら』からの帰りだったそうです」

兄の話と同じだ。

「中間の話だと、賊は行く手に現れたのではなく、背後から迫って来たそうです。同心も、賊は料理屋から引き上げる真島さまをつけて来て襲ったとみています」

「そうですか」

やはり、辻斬りではなかった。はじめから真島又一郎が狙いだったのだ。

「同心に、矢内さまの名を伝えておきました。同心は知っていました」

「わかりました」

栄次郎は辻番所を離れた。

しばらく行くと、真島又一郎が斬られた現場に差しかかった。一刀流の達人の又一郎がなんら歯向かうことなく喉をかき斬られたのだ。

昨夜の賊の、いきなり剣を逆手に持ち替えて斬り込んでくる攻撃の激しさを思い出した。

ひとを斬るのに手慣れた男だ。

昌平橋を渡り、八辻ヶ原《やつじがはら》から柳原通りに入る。陽光が水たまりに照り返している。

栄次郎は豊島町に入った。

途中、酒屋があったので、店先にいた小僧にきいた。

「伝蔵さんの家を知らないか」

「伝蔵さん？　仏師《ぶっし》の伝蔵さんですか」

「仏師？」

栄次郎は小僧に向かい、

「仕事はわからない。その家はどちらに？」

と、きく。

「この先の路地を入った一番奥の一軒家です。戸障子に観音様《かんのん》の姿が描かれていま
す」

「ありがとう」

栄次郎は礼を言って酒屋を離れた。

路地を曲がり、豆腐屋の前を通って奥まった路地を行くと、武家屋敷の塀に突き当
たる手前に平屋があった。戸障子に一筆書きのような観音様の形をした絵が描かれて
いた。

栄次郎は戸に手をかけ、

「ごめんください」

と、声をかけて開けた。

狭い土間の板敷きの作業場で、背中を伸ばして凛《りん》とした姿勢で、男が木を彫ってい
た。男の膝の周囲には木屑《きくず》が散らばっていた。

「お邪魔します」

栄次郎はもう一度声をかけた。

男が鑿《のみ》を使う手を止めて、顔を向けた。

「伝蔵さん」

「ああ、昨夜の」

伝蔵は会釈をし、姿勢を正した。背筋が伸びて姿勢がいい。

「昨夜はありがとうございました。じつはお借りした傘なんですが、お返しにあがるつもりだったのですが、思わぬことがあって壊してしまいました」

「いいんですよ」

伝蔵は微笑んだ。

「すみません」

栄次郎が謝ったとき、戸が開いて女が入って来た。

「あら、あなたは矢内さま」

伝蔵の妻女のおそのだった。

「昨夜はありがとうございました。じつはお借りした傘なんですが、壊してしまいました。今、伝蔵さんにもお詫びをしていたところです」

栄次郎が言うと、おそのは笑いながら、

「いいんですよ」

と同じように言い、

「どうぞ、上がってくださいな」

と、勧めた。

「いえ、すぐ失礼しますので」

「お茶ぐらい飲んで行ってくださいな。今、いれますから」

おそのは部屋に上がって言う。

「すみません。では、ここに」

栄次郎は上がり框《かまち》に腰を下ろした。

おそのは奥に向かった。

部屋の隅に、たくさんの観音様の木像が並んでいた。一尺（約三十センチ）足らずの大きさだ。素朴な感じながら、木像に何かが宿っているような温《ぬく》もりがあった。観音様の横には阿弥陀如来《あみだにょらい》や大日如来《だいにちにょらい》の木像もあった。

「伝蔵さんは仏師でしたか」

栄次郎はきいた。

「いえ、本格的に修業したわけではありません。自己流です。気まぐれに彫ったものを欲しいと仰《おつしや》ってくださったお方がいて、それから注文があれば彫っています」

「魂が入っているような気がします」

栄次郎は木像を見て感嘆した。どの木像の顔もひとのような生々しさが感じられた。なるほど、これに魅せられる者はたくさんいるだろうと思った。

おそのが茶をいれて運んで来た。

「どうぞ」

湯呑みを栄次郎の前に置き、もうひとつを伝蔵の前に置いた。

「いただきます」

栄次郎は湯呑みをつかんだ。

「それにしても、傘、どうして壊れてしまったのですか。まさか、強い雨脚に堪えられなかったということはないでしょうが」

おそのが笑いながらきいた。

「じつはあのあと、傘を差して湯島聖堂前に差しかかったとき、ひとが斬られ、賊が私のほうに逃げて来たのです。私が行く手を塞ぐと、いきなり賊が斬りつけて来ました。それで、傘が相手の剣で真っ二つに」

「まあ」

おそのは目を見開き、

「斬られたのはどんなおひとですか」

と、痛ましそうにきく。

「直参の侍です」

「じゃあ、果たし合い？」

「いえ、最初から狙っていたようです。おそらく、刺客《しかく》だと思います。喉を斬られていました」

栄次郎が言うと、伝蔵が湯呑みを口に運ぶ手を止めた。

「喉を？」

伝蔵が厳しい顔を向け、

「矢内さまは、その刺客と立ち合ったのですか」

と、食い入るようにきく。

「私に斬りつけて、そのまま逃げて行きました」

「かなりの腕なのでしょうか」

「はい。急に構えを変えて喉を目掛けて襲って来ました」

「構えを変える？」

伝蔵は真顔になって、

「どう変えるのですか」

と、きいてきた。

刀の柄《つか》を顔の前で刀身を後方に倒して構え、前に踏み込んだとき、刀を逆手に持ち替える。侍でもない伝蔵に細かい説明をしても仕方ないと思い、

「喉を襲う直前に刀を逆手に持ち替えるのです」

と、簡単に話した。

「………」

伝蔵は眉根を寄せた。

「伝蔵さん、何か思い当たることが？」

栄次郎はきいた。

「いえ。恐ろしいことだと思いましてね」

伝蔵は首を横に振った。

ふと、そばにいるおそのの顔が厳しいものになっていることに気づいた。ふたりは、殺し屋について何か心当たりがあるのではないかと思った。

それから伝蔵もおそのも口数が少なくなった。何か、考え込んでいるようだ。今、

殺し屋のことを訊《たず》ねても、答えてはくれないと思った。

残った茶を飲み干し、

「ごちそうさまでした」

と、栄次郎は湯呑みを置いた。

「どうも長居をしました」

栄次郎は立ち上がった。

「矢内さま。もし、矢内さまにお目にかかりたいと思ったら、どこに行けばよろしいのでしょうか」

伝蔵がきいた。

「浅草黒船町にお秋というひとの家があります。大川《おおかわ》に面した家で、二階の部屋を借りています。そこに訪ねて来てください」

栄次郎は言い、ふたりに挨拶をして、伝蔵の家を離れた。

二

半刻後に、栄次郎は浅草黒船町のお秋の家の二階にいた。

ここは三味線《しゃみせん》の稽古のために使わせてもらっているのだ。撥《ばち》を握り、三味線を構える。何度も弾いている長唄の『越後獅子《えちごじし》』からはじめ、いくつかの曲を弾いた。長く続けて、手首に負担がかかってしまい、またぶり返してもいけないと思い、途中で手を止めた。

栄次郎は手首の腱《けん》を傷《いた》めてしまい、一時撥が持てなかった。最近になって、ようやく痛みがなくなったが、まだ安心は出来なかった。

撥を置き、手首をまわす。四半刻（三十分）ほど休んで、再び撥を握った。何度も休みをとりながら、久しぶりに思い切り弾いたが、やはり満足のいく音は出なかった。

部屋の中は薄暗くなっていた。立ち上がり、三味線を片づけて窓辺に立った。二階の窓から目の前に大川が望め、下流のほうには御厩河岸《おんまやがし》の渡し場だ。

失礼しますと声がしてお秋が襖を開けて入って来た。

お秋は行灯《あんどん》に灯を入れたあと、

「もう手首はだいじょうぶなんですか」

と、声をかけてきた。

「ええ。ただ、無理をしてぶり返すと困るので」

栄次郎は腕をさすりながら言う。

栄次郎は御家人の矢内家の部屋住である。武士でありながら栄次郎は三味線弾きでもあった。長唄《ながうた》の師匠杵屋吉右衛門《きねやきちえもん》から杵屋吉栄《きちえい》という名をもらっている。

「市村座《いちむらざ》は残念でしたね」

お秋が同情した。

「仕方ありません。出直しです」

手首の腱を傷《いた》めたために、市村座で三味線を弾く機会を逸してしまった。一日稽古が出来なければ三味線の腕は落ちる。それが半月以上も三味線から離れていたのだから、致命的だった。

市村座の舞台に間に合わず、代役が立てられたのだ。

「栄之進さま、縁組が決まってよかったですね」

お秋が話題を変えた。

兄栄之進は書院番の大城清十郎《おおしろせいじゆうろう》の娘美津《みつ》と縁組をすることになったのだ。

三千石の旗本に対して矢内家は二百石の御家人である。眩《まばゆ》い美しさの美津には嫁のもらい手がたくさんあった。大城清十郎がはるか格下の矢内家に娘を嫁に出す気になったのは、兄のところに嫁《とつ》がせることがもっとも周囲に波風を立てないからだった。

申し入れのあった中からひとりを選ぶのに苦慮した。なぜ、自分ではないのだと勝手な憶測を生み、遺恨になってはまずい。

つまり、兄栄之進は漁夫の利を得た形だったが、栄次郎が大御所治済の子であることも影響しているかもしれない。治済がまだ一橋家当主だった頃に、旅芸人の女に産ませた子が栄次郎だった。そのとき、治済の近習番を務めていたのが矢内の父で、栄次郎は矢内家に引き取られ、矢内栄次郎として育てられた。

いずれにしろ、義姉が流行《はや》り病で亡くなってから一切再婚を拒んできた兄が美津には心が動いたのだ。

「でも、これからは栄次郎さんが責められますね」

母が嫁をもらうように強く勧めるだろうと、お秋も思っているのだ。

お秋は昔は矢内家に女中奉公をしていた女で、嫁にいくことになり奉公をやめた。その後、何年か振りでばったり会ったとき、お秋は南町奉行所の筆頭与力崎田孫兵衛《さきたまごべえ》の妾《めかけ》になっていた。

「きょうは旦那が見えます。たまにはつきあってあげてくださいな」

そう言い、お秋は部屋を出て行った。

孫兵衛は栄次郎と酒を酌み交わすのを楽しみにしているらしいが、孫兵衛は少しくどいので辛抱がいる。

　また、階段を上がる音が聞こえた。

「栄次郎さん」

　お秋が襖を開けた。

「今、南町の木戸《きど》という同心が栄次郎さんに会いに来ました」

「来ましたか。すぐ行きます」

　栄次郎は立ち上がった。

　階下に行くと、土間に定町廻り同心の木戸松次郎《まつじろう》と岡っ引きの勘助《かんすけ》が待っていた。

　一度、ある事件が縁で親しくなった。

「矢内どの。お訊ねしたいことがありまして」

　細面《ほそおもて》の顎《あご》の長い顔を向けて、木戸松次郎が言う。以前にも、このふたりはここにやって来たことがある。

「昨夜の賊のことですね」

　栄次郎は確かめる。

「そうです」

「上がりませんか。部屋でお話を」

自分もききたいことがあったので、栄次郎は二階に誘った。

「そうさせていただこう」

松次郎は言い、勘助を促し部屋に上がった。

二階の部屋で、栄次郎はふたりと向かい合った。

「まず、賊と対峙したときの様子からお聞かせくださいますか」

木戸松次郎が口を開いた。

「はい、私は本郷に帰る途中でした。傘を差して湯島聖堂の塀沿いを歩いていると、前方で悲鳴が聞こえました。その直後、笠をかぶり、覆面をして顔を隠し、合羽を着た侍が駆けて来ました。私が前方に立ち塞がると、いきなり抜き打ちに斬りつけ、さらに刀を逆手に持って私の喉を目掛けて襲ってきたのです。私の持っていた傘は上下に真っ二つに裂かれました。賊はそのまま逃走して行きました」

「喉を狙ってきたのですね」

松次郎が確かめるようにきく。

「そうです。刀を顔の前で構え、刀身を横に倒して、踏み込みながら柄を逆手につかんで喉目掛けて襲ってきました。凄まじい剣でした。剣の腕はかなりのものです」

栄次郎は厳しい顔で言う。

「賊の特徴は？」

「背格好は私ぐらい。動きは敏捷でした」

「いくつぐらいかわかりませんか」

「なにしろ、覆面で顔を隠していましたが、機敏な動きと落ち着いた口振りから三十過ぎと見ましたが、自信はありません」

栄次郎は言ったあとで、

「かなりひとを斬っているような感じでした。他でも、喉を斬られて殺されたひとがいるのではないかと気になりましたが？」

と、ふたりの顔を交互に見た。

「仰るとおりです」

木戸松次郎は素直に答えた。

「じつは先月の九月末、本石町《ほんこくちょう》にある紙問屋『平田屋《ひらたや》』の主人が伊勢町《いせちょう》堀《ぼり》で喉を斬られて死にました。それより半月あまり前の九月初め、本所《ほんじょ》で小普請組《こぶしんぐみ》の御家人が喉を斬られました」

「では、今度で三人目ですか」

「そうです」

「昨夜の賊は単なる辻斬りとは思えません。あんな雨の中を辻斬りが出没するとは考えづらい」

「そうです。殺し屋です」

松次郎は言い切った。

「やはり、殺し屋ですか」

栄次郎は頷く。

「じつは先に殺されたふたりについても殺し屋の仕業《しわざ》という疑いもあったのですが、ふたりに命を狙われる理由が見当たらなかったんです。それで、辻斬りだろうという見方に傾いていたのですが、確かに、昨夜の雨の中の襲撃は辻斬りとは考えにくく、そうだとしたら先のふたりも殺し屋に襲われたのに違いないということになりました」

松次郎は説明する。

「昨夜の真島又一郎さまは御徒目付でした。何らかの探索をしていて殺し屋に狙われることはわかりますが、先のふたりに殺される理由がないとしたら、この件は依頼された殺しかどうかわからないのでは？」

栄次郎は訝《いぶか》った。

「じつは、十年前に同じような殺し屋が出没していたのです。私がまだ見習い同心だった頃です」

「同じようなとは？」

「喉を斬って殺すという手口です」

「十年前にも同じような斬り口で殺された者がいたのですか」

栄次郎は驚いてきいた。

「ええ。当時を知る上役が言うには、十二年前からの三年間に、喉を斬られて死んだ者が九人いたそうです」

「三年間で九人ですか」

栄次郎は目を瞠《みは》り、

「同じ下手人だとはっきりしているのですか」

「手口がまったくいっしょです。当時、探索に加わった同心にききますと、殺し屋は自分の仕業であることを誇示するために常に同じように斬っているのだと言ってました。奉行所では、その殺し屋を闇太郎《やみたろう》と名づけました」

「闇太郎……」

「ところが、その闇太郎は十年前の十月に口入れ屋『大黒屋《だいこくや》』の主人笹五郎《ささごろう》を殺したのを最後にぱったり殺しをやめているのです」

「なぜでしょう?」

「わかりません。当時は、ある程度の金が手に入ったからではないかとか、病気になったのではないかとか、いろいろ憶測はあったそうですが」

「その後、まったく動きをやめていたのですか」

「少なくとも、喉を斬られて殺された者はおりません」

「それが十年経って、蘇《よみがえ》ったのですか」

栄次郎は呟いてから、

「しかし、別人ということは考えられないのですか」

と、きいた。

「喉を斬る鮮やかな斬り口は誰もが真似の出来るものではありません。仮に別人だとしても、闇太郎の指導を受けた者に違いない。それが、当時探索に加わった同心の考えです」

「この十年間で、下手人《げしゆにん》のわからない斬殺死体は見つかっていないのですか」

「ないと思いますが」

「手口を変えて殺しを続けていたということはなかったのでしょうか。十年前を最後にしたのは喉を斬ることの手口を単に変えたかっただけでは？」

　栄次郎は思ったことを口にした。

「それらしい死体はなかったはずです」

　松次郎は言った。

「先に殺されたふたりには殺される理由はなかったのですね」

「ええ、調べた限りでは見つかりませんでした。でも、はっきり殺し屋の仕業だという目で調べてみれば何か出て来るかもしれません」

「ちなみに、『平田屋』の主人はどういう状況にあったのですか」

　すると、岡っ引きの勘助が口をはさんだ。

「『平田屋』は主人の伊右衛門《いえもん》が番頭の徳之助《とくのすけ》を娘のおまちの婿《むこ》にすることが決まっていたのです。この縁組に反対する者の仕業だとは考えられません。主人を殺しても縁組に影響はありませんから。番頭が殺されるならともかく、主人が殺される理由はありません」

「では、縁組以外の理由があったということになりますね」

「ええ。商売上のことで何かがあったのかもしれません。調べた限りでは、何もありませんでしたが、あっしらが何か見落としていることがあるのは間違いありません」

勘助は悔しそうに言う。

「ともかく、闇太郎と唯一対峙したのが矢内どのなのです。どうぞ、昨夜の賊と似通った背格好の男を見かけたらお知らせください」

松次郎が頭を下げて言う。

「承知しました」

栄次郎は請け合ってから、

「闇太郎に殺しを依頼するにはどうするのだとお考えですか」

と、きいた。

「わかりません。仲介者がいるはずです」

「殺しを依頼する者はどうやって仲介者と繋《つな》ぎをとるのでしょうか」

「そのへんのところも、十年前もわからなかったそうです」

十年前までは九人の犠牲者が出ている。つまり、九人の依頼人が繋ぎをとっているのだ。どうやって仲介者のことを知ったのか。

松次郎と岡っ引きの勘助が引き上げたあと、栄次郎は改めて闇太郎について考えた。

この件は他人事《ひとごと》ではないのだ。殺されたのは兄の朋輩なのだ。何者かが、真島又一郎を殺すように殺し屋を雇ったのである。与えられたお役目のせいで殺されたのだとしたら、場合によったら、兄がそのお役目を請《う》け合っていたかもしれない。そうしたら、殺されたのは兄だったかも……。

そう思うと、このまま見過ごすことは出来ない。栄次郎は松次郎と勘助と共に自分も進んで闇太郎を探すつもりになっていた。

三

その夜、栄次郎が帰宅したとき、真島又一郎の通夜に行っていて、兄はまだ帰っていなかった。

兄が帰って来たのは四つ（午後十時）近かった。兄が着替えを終えた頃を見計らい、兄の部屋に行った。兄は部屋の真ん中に座って待っていた。

「いかがでしたか」

栄次郎は向かいに腰を下ろしてきいた。

「まだ、子どもが小さい。やりきれない」

兄は真島の死を悼《いた》んだ。

「奉行所では、闇太郎という殺し屋の仕業とみています」

栄次郎は口にした。

「闇太郎？」

「十二年前からの三年間で九人を暗殺した殺し屋だそうです。誰にも正体を見破られることなく、十年前にひと殺し稼業を辞めていました。ところが、二か月前から再び動きだしたようです」

「殺し屋か」

兄は唸《うな》った。

「真島さまが何を調べていたのかわかれば、依頼人を探し出すことが出来ます」

「じつは昼間、組頭《くみがしら》さまに又一郎が何を調べていたのかきいてみた。しかし、教えてくれなかった」

「教えてくれない？」

御徒目付組頭は早瀬佐兵衛《はやせさへえ》というお方だ。

「知らないというのだ」

「真島さまは組頭さまに何の報告も上げていないということですか」

「そうらしい」

「そんなことがあり得るのでしょうか」

「ともかく、明日の葬儀が終わってからだ」

「葬儀に、殺し屋を雇った者が何食わぬ顔で参列しているかもしれません」

そう思うと、焦りに似たものを感じる。

「真島さまは神田明神境内の『沢むら』で『信州屋』の主人と会っていたということですが、なぜ真島さまは『信州屋』の主人と会っていたのでしょうか」

「『信州屋』の主人は河太郎《かわたろう》というが、又一郎から会いたいと言ってきたそうだ。きのうは近付きだけで、世間話程度しか話していないと答えていた」

「信州屋の言うとおりだとしても、真島さまと信州屋はどのような間柄なのでしょう。御徒目付と材木問屋の主人、妙な取り合わせではありませんか」

「そこはわからぬ」

「闇太郎は昨夜、真島さまが神田明神境内の『沢むら』にいることを知っていたのです。誰かから聞いたのです」

「信州屋だというのか」

兄は強い口調で言い、

「栄次郎、この件に深入りするな。なんだか、無気味なものを感じるのだ」

「無気味なものとは？」

「勘だ」

「もっとも疑わしいのは信州屋ではありませんか」

「明日の葬儀が終わったあとで、組頭さまから何らかの話もあろう。それからだ」

兄は厳しい顔で言う。

「兄上」

「栄次郎。又一郎がどんな任務を受けて動いていたか。それは後任の者しか知らされまい」

兄はそれ以上は語ろうとしなかった。

兄は何かを隠している。そんな気がした。おそらく、上役から口止めされているのだろう。

栄次郎も諦めて兄の部屋から引き上げた。

自分の部屋に戻り、栄次郎は改めて兄の様子を思い返した。

普通に考えたら、御徒目付と材木問屋との取り合わせは妙だ。そのことに、兄も注意を向けるはずだが、そのような気振《けぶ》りはなかった。

真島が『沢むら』にいることを教えたのは信州屋ではないかと言うと、兄は強く言い返した。

もしや、真島又一郎が『信州屋』の河太郎に会うことは組頭は承知のことだったのではないか。兄は組頭から又一郎の任務を聞いたのではないか。

つまり、兄が又一郎の任務を引き継ぐことになったので……。兄がずっと強張《こわば》った表情なのは、その責任の重さゆえか、あるいは危険な任務だからか。

つまり、こういうことだ。又一郎は何かの探索のために信州屋からだいじな話を聞くために『沢むら』に行ったのだ。

だが、その動きは敵に知られていた。殺し屋は『沢むら』の前で待ち伏せし、引き上げる又一郎のあとを追った。

信州屋が何か重要な話を持っているとしたら、次に兄も狙われるかもしれない。それより、信州屋だ。

敵にとっては信州屋こそ邪魔な存在ではないのか。

兄を問い質《ただ》してみようと部屋を出かかったが、思い止《とど》まった。兄は任務のことをたとえ弟であっても口にすまい。

翌朝、剣の素振りを終え、着替えてから、兄といっしょに朝餉の膳に向かった。

兄は厳しい表情で、もくもくと食事をしていた。

いつにない兄の表情に、栄次郎は胸が塞がれそうになった。

食事のあと、兄の部屋に行ったが、栄次郎は問いかけることは出来なかった。葬儀が終われば組頭から何か話があろうと言っていたのだ。きょうの葬儀が終われば、兄は打ち明けてくれるかもしれない。

そう思い、栄次郎は昨夜、岩井文兵衛と会ったことを話しだした。

「やはり、御前さまがお美津さまと兄上の縁談を……」

「栄次郎。すまないが、その話は後日ということにしてくれ。今はまだ……」

そのような心境ではないと、兄は言いたいのだ。

「申し訳ありません」

栄次郎は素直に謝り、部屋を出た。

自分の部屋に戻ると、母が呼びに来た。

「栄次郎、よろしいですか」

「はい、すぐ伺います」

母はいつも栄次郎を仏間に呼ぶ。

「失礼します」

栄次郎は襖を開けて入った。母は仏壇の前に座って待っていた。

母が座を空けたあとに座り、仏壇の父の位牌に手を合わせた。

仏壇の前から離れ、母と向き合う。

「一昨日、岩井さまとお会いしたそうですね」

母がきいた。

「はい。久しぶりにお酒を酌み交わしました」

「栄之進と美津どののことを何と仰ってましたか」

「たいそう喜んでおいでした」

「それで?」

「えっ? なんでしょうか」

「他の話です」

「他の話とは?」

「そなたの嫁のことです」

「そのようなお話はありませんでした」

「そんなはずはありません」

母は戸惑ったように言う。

確かに、岩井文兵衛がそれらしきことを言い出した。そうと察した栄次郎がその話を避けようとしたとき、ちょうど芸者が入って来たのだ。

それで、文兵衛は言いそびれたのかもしれない。いや、栄次郎の気持ちを知っているので、文兵衛はあえてそのことに触れなかったのかもしれない。

「たぶん、兄上の話ばかりしていたので、私のことは持ち出せなかったのではないでしょうか」

栄次郎は苦し紛れに言う。

「あれほど岩井さまにお願いしたのに」

母はいらだったように、

「いくらなんでも栄之進の話だけで終わるなんて不自然ではありませんか。他に何か大事な話があったのですか」

文兵衛は栄次郎の三味線で端唄《はうた》を唄うのが楽しみなのだ。そのために料理屋で会っている。栄次郎が三味線を弾いて文兵衛が唄うなどと母が知ったら、目を回すに違いない。謹厳な母は、栄次郎が三味線に現《うつつ》を抜かすことを快く思っていないのだ。

「母上、私はもう少しここにいたいのです。兄上もいてよいと仰ってくれていますので」

美津が嫁に来て、ここで暮らすようになったら、離れを増築してそこに栄次郎は住むことにしている。

「それは構いませんが」

母とて、栄次郎が他家に養子に行ってしまうことは寂しいはずなのだ。

「母上、申し訳ありません。そろそろ出かけなければなりませんので」

「栄次郎」

母が厳しい顔になって、

「栄之進に何かあったのですか」

と、きいた。

「なぜですか」

「なにやら屈託《くったく》がありそうなご様子」

母は心配そうに言う。

「それは、朋輩の真島さまがお亡くなりになったのですから。今日が葬儀だそうですが、兄上もまだ混乱しているのだと思います」

「それだけですか」

母が疑い深そうに、

「もっと他に何かあるのではありませんか」

「他にと申しますと？」

「悲しんでいるだけでなく、とても緊張した面持ちに感じられました」

やはり、母は勘が鋭い。

「それは、真島さまはただの死ではなく、殺されたのですから」

「栄之進も危ない目に遭うようなことはないでしょうね」

母は不安を口にした。

「その心配はありませんよ」

あえて明るく言ったが、栄次郎も母と同じ懸念を抱えていた。

「何かあったら、栄之進を助けてやるのです」

「わかっております。では」

栄次郎は会釈をして立ち上がった。


栄次郎は本郷の屋敷を出て、本郷通りに入った。

昌平橋を渡り、柳原通りを経て豊島町に行く。

路地を曲がり、豆腐屋の前を通って奥まった路地を行くと、武家屋敷の塀に突き当たる手前に平屋があった。観音様の形をした絵が描かれている戸障子を開けた。

「お邪魔します」

栄次郎は土間に入る。

「矢内さま」

伝蔵が厳しい顔で応じた。四十半ばぐらいの鷲鼻《わしばな》の男だ。

「少し、お話をしてよろしいですか」

「へえ、どうぞ、そこに」

「では」

栄次郎は上がり框に腰を下ろした。

そこに奥からおそのが顔を出した。

「まあ、矢内さまではありませんか」

「すみません、また押しかけて」

「いいえ」

「じつは今日お伺いしたいのは、昨日、喉を斬られて殺された男の話をしたとき、伝蔵さんが驚いていたようでした。そのことが気になりましてね。ひょっとしたら、何かご存じなのではないかと思いましてね」

栄次郎は正直に口にする。

伝蔵は厳しい顔で唇を嚙み、おそのは目を虚《うつ》ろにした。

「今回の殺しで、喉を斬られて死んだ者はこのふた月で三人だそうです」

「…………」

「奉行所は十年前までの三年間で九人を殺した闇太郎という殺し屋がまたぞろ現れたと見ています」

「闇太郎……」

伝蔵は目を細めた。

「やはり、何かご存じなのですね」

栄次郎は伝蔵の顔を覗き込む。

「へえ。いえ、なに」

伝蔵は曖昧に口ごもる。

「もし、よろしかったら、お話をしていただけませんか」

伝蔵はおそのに目をやった。

おそのが微《かす》かに頷いたのを見て、伝蔵は厳しい顔を向けた。

「では、お話をいたします」

伝蔵はそう言い、

「じつは、おそのは口入れ屋の『大黒屋』の主人笹五郎の女房でした。十年前、大黒屋笹五郎が喉を斬られて死にました」

「………」

栄次郎は思わずおそのの顔を見た。

おそのは俯《うつむ》いた。

「なぜ、闇太郎は大黒屋笹五郎を？」

栄次郎はきいた。

「私が代わりに」

伝蔵が言うと、おそのが、

「いえ、私から」

と言い、栄次郎に語りだした。

「十年前、押込みが頻発しました。五軒の被害にあった屋敷や商家にはそれぞれ『大黒屋』から奉公人が派遣されていたのです。奉行所に疑われ、請人《うけにん》なども調べられましたが、笹五郎は巧みに言い逃れていました。奉行所は逆手にとって、『大黒屋』から奉公人が派遣されている商家に見張りをつけていたところ、押込みが押し入ったのです。待ち伏せていた捕方は賊を一網打尽にしようとした。ところが、おかしらだけが逃げ果せたのです」

　おそのは息継ぎをしてから、

「それからひと月後に、笹五郎は外出先から帰る途中で喉を斬られて死んだのです」

「笹五郎さんはほんとうに押込みの手先を送り込んでいたのですか」

「奉行所ではそう見ていたようです。でも、証《あかし》はなく、捕まえることは出来なかったのです」

「で、誰が殺し屋を？」

「押込みに失敗した盗賊のおかしらではないかと」

「おかしらはその後、捕まったのですか」

「いえ、わかりません」

「そうですか。で、おかみさんはその後はどうなさったのですか」

　栄次郎はきいた。

「『大黒屋』は笹五郎の弟が引き継ぎました。私は僅かな金をもらい、体《てい》よく追い出されたんです。それから、私は長屋に住み、仕立ての仕事をしていたのですが体を壊し、生きていても仕方ないと思い、両国橋《りょうごくばし》から飛び込もうとしたんです。そのとき、伝蔵さんから声をかけられて……」

「欄干に手をかけ川を覗いている女のひとを見て、不審に思いましてね。それで声をかけたのです」

伝蔵が引き取って言う。

「やはり、飛び込もうとしていたのだと聞き、とりあえず長屋に連れて帰ったのです」

「それから、そのまま居ついてしまいました」

「へえ。どういうわけかいっしょに暮らすことになりました」

伝蔵も苦笑混じりに言う。

「そうだったのですか」

「私にとって伝蔵さんは命の恩人なんです」

おそのは微笑む。

「そんな大袈裟なものではありません」

伝蔵は苦笑してから、

「おそのの話を聞いていたので、矢内さまから殺し屋の話を聞いたときは驚きました」

「私も」

おそのは続ける。

「同心の旦那から、その後、闇太郎は動きをやめたと聞きました。まさか、また現れたなんて」

「でも、信じられません。あれから十年経っているんです」

伝蔵が首を横に振った。

「そうですね。でも、喉を斬る手口も同じです」

「何者かが闇太郎を真似たのではないでしょうか」

伝蔵が疑問を口にする。

「そのことも十分に考えられます。しかし、見事な斬り口はまったく同じだそうです。十年前、闇太郎を追っていた同心が今回の斬殺死体を見て確かめたそうです。あれほどの使い手が何人もいるはずない、同一人物だと言い切っていたそうです」

「おその」

伝蔵が顔を向けた。

「闇太郎は笹五郎の仇《かたき》だ。闇太郎が憎いか。仇を討ちたいと思うのか」

「闇太郎のおかげで私はおまえさんと巡り合うことが出来たのです。かえって、感謝したいくらいです。でも、誰が笹五郎殺しを依頼したのかは気になります」

「そうか」

伝蔵はほっとしたように頷いた。

「どうも辛いことを思い出させてしまい、申し訳ありません」

栄次郎はおそのに詫びた。

「いえ、とんでもない。今言ったように、私にとっては闇太郎さまさまのところもあるのです」

「また、お仕事の邪魔をしてしまい申し訳ありません」

「なあに、いいのです。あっしの仕事にはいつまでに仕上げなくてはならないという決まりはないのです。お客さまもそれで承知をしてくださっています」

伝蔵は笑った。

「では」

栄次郎は立ち上がった。

「矢内さま。また、おいでください」

おそのが声をかけた。

「はい」

栄次郎は答えてから土間を出た。

まさか、おそのが闇太郎に殺された大黒屋笹五郎の妻女だったとはと、栄次郎はその巡り合わせに驚きを禁じ得なかった。

四

神田豊島町から元鳥越町《もととりごえちょう》の長唄の師匠杵屋吉右衛門の家に向かった。

鳥越神社の近くにある師匠の家に着き、格子戸を開けて土間に入る。履物が一足置いてあった。

師匠の部屋から三味線の音とだみ声が聞こえる。近所の隠居が稽古をつけてもらっているのだ。

栄次郎は部屋に上がって待った。やがて、隠居が稽古を終えて戻って来た。

「おや、吉栄さん。久しぶりじゃないか。もう、いいのかえ」

「はい。どうにか動かせるようになりました」

「そいつはよかった」

「では、行ってきます」

栄次郎は隣の稽古場に行く。

見台《けんだい》の前に座り、挨拶を交わしたあと、

「手首のほうはいかがですか」

と、吉右衛門がきいた。

吉右衛門は横山町《よこやまちょう》の薬種問屋の長男で、十八歳で大師匠に弟子入りをし、天賦の才から二十四歳で大師匠の代稽古を務めるまでになっていた。

「はい、だいぶいいのですが、まだ三味線の勘が戻りきりません」

栄次郎は正直に答える。

「仕方ありません。しばらく弾けなかったのですからね。でも、早く勘を取り戻そうとして焦ったらいけません。ぶり返したらたいへんです」

「はい」

「まだ、新しいものはやめておきましょう。今までのものを」

「はい」

栄次郎は三味線を抱え、撥を握った。

それから半刻後に、栄次郎は本石町にある紙問屋『平田屋』の前にやって来た。

ここの主人が先月、伊勢町堀で喉を斬られて殺されたのだ。ただ、主人には殺される理由がないという。

『平田屋』の主人は番頭を娘の婿にして店を継がせることになっていた矢先の不幸で、そのために祝言も延期になったということだ。

店先に老練な武士と共に恰幅のいい男が現れた。丸顔で、目の大きな男だ。番頭だろうか。番頭なら話をきいてみたいが、栄次郎がのこのこ出て行ってもとりあってもらえないだろう。

番頭は老練な武士を見送ったあと、店に引っ込んでしまった。

「矢内さまじゃありませんか」

背後から声をかけられ、栄次郎は振り返った。

「あっ、親分」

岡っ引きの勘助だった。手下を連れている。

「どうしたんですね、こんなところで？」

「闇太郎の件で、番頭さんか娘さんに話をききたいと思ったのですが、いきなり顔を出してもとりあってもらえないと思いましてね」

栄次郎は答えてから、

「親分は？」

と、きいた。

「あっしもその件で、もう一度番頭から話を聞こうと思いましてね」

「私もいっしょさせていただけませんか」

栄次郎は頼んだ。

「でも、なんと説明するんですね」

「そうですね。闇太郎を探索している者だと適当に」

「困りましたね」

勘助はため息をついたが、

「まあ、いいでしょう」

と、応じた。南町奉行所の筆頭与力崎田孫兵衛と親しい間柄だということが効いたのかもしれない。

勘助と手下のあとに続いて、『平田屋』に入る。広い土間の店畳には何人もの客がいて奉公人が相手をしていた。

団扇《うちわ》、扇子《せんす》、色紙、障子紙、襖《ふすま》紙、半紙、奉書《ほうしょ》などを扱っている。

番頭が勘助に気づいて近寄って来た。

「これは親分さん」

番頭が会釈をして、上目づかいで栄次郎を見た。

「番頭さん。また、旦那が殺された件で話を聞きたいんだ」

勘助が口を開く。

「はい」

また、番頭は栄次郎を気にした。この男がおまちの壻になる番頭の徳之助だろう。

「じつは、先日、またあるお武家さんが喉を斬られて死んだ」

「えっ」

番頭は驚いて顔をしかめた。

「やはり、闇太郎という殺し屋の仕業に違いない。こちらは闇太郎の探索をしている矢内栄次郎さまだ」

すかさず、栄次郎は一歩前に出る。

「矢内栄次郎です」

「番頭の徳之助です」

「番頭さん、今ちょっといいかえ」

勘助がまわりを見ながらきく。

「ここではお客さまの目があります。外でよろしいでしょうか」

番頭の徳之助が言い、近くにいた手代に声をかけて外に向かった。

店の裏手に行くと、ちょっとした広場があった。大八車が置いてあったが、誰もいない。ここから荷を土蔵に運ぶようだ。

徳之助はそこで立ち止まって、振り返った。

「なんでございましょうか」

「やはり、旦那の伊右衛門は単なる辻斬りで殺されたのではない、何者かが殺し屋を雇ったんだ」

勘助は切り出し、

「伊右衛門を恨んでいた者を知らないか」

と、きいた。

「旦那さまはひとから恨まれるようなお方ではありません」

徳之助は静かに答える。

「しかし、商売上のことなら別ではないのか。何かもめごとはなかったか」

「いえ、何も」

「得意先とはどうだ？」

「お得意さまとはもめたりしません」

徳之助は真顔で言う。

「しかし」

と、栄次郎は口を入れた。

「得意先が無茶な条件を出してきたらいかがですか」

「無茶な条件ですって？」

「ええ。たとえば、支払いを棒引きにしてくれとか」

「そんなことがあれば、私にも相談するはずです」

「そのほかに何かなかったのでしょうか」

栄次郎はさらにきいた。

「いえ、思い当たることは……。ただ」

徳之助は困惑した顔で、

「旦那さまは私に言わないこともあったかもしれません。自分ひとりで片をつけようとしていたのかも」

「それは商売のことで？」

今度は勘助が口をはさんだ。

「私を婿にする前に、自分ひとりで片づけておこうと思ったことがあったかもしれません。あくまでも想像でしかありませんが」

徳之助は首を傾げた。

「旦那に妾は?」

栄次郎はきく。

「いないはずです。内儀さんを二年前に亡くしていますが、旦那さまは外に女をこしらえるようなお方ではありません」

徳之助はきっぱりと言う。

「妙だな。平田屋がなぜ殺されたのか、さっぱりわからねえ」

勘助がため息をついた。

「旦那が亡くなって祝言は延期になったそうですね」

栄次郎はきいた。

「ええ、親戚衆の話し合いでなるたけ早くするという話が出ていると聞いています。主人がいない時期が長いと、商売にも影響をするかもしれないということで」

「今は実質、番頭さんが店を仕切っているのですね」

「まあ、そうです」

徳之助はいくぶん胸を張った。

「おまちさんに会いたい。すまないが、取り次いでもらいたい」

勘助が言う。

「それは……」

徳之助がためらった。

「どうした？」

「いえ、おまちさんにきいても何もわからないと思います」

「どうしてだ？」

「お店のことは私のほうが……」

「いや。商売上のことをきくんじゃねえ」

「ですが、まだ塞ぎ込んでおりまして」

「自分の父親を殺した下手人を捕まえるためだ。声をかけてもらおう」

勘助は強く言う。

「わかりました」

徳之助は渋々のように言う。

再び、表にまわって店に入り、徳之助は手代に声をかけて、おまちを呼ぶように伝えた。客も相変わらず出入りをしている。

「ずいぶん繁盛しているな」

勘助が感嘆をして言う。

「はい。おかげさまで。旦那さまが亡くなったとき、お店はどうなるのだろうと思いましたが、どうにか持ちこたえることが出来ました」

「おまえさんの手腕だ」

勘助は褒めたたえた。

「恐れ入ります」

二十歳ぐらいの美しい娘がやって来た。徳之助が近付いて何事かを囁く。おまちは頷き、土間に下りてきた。

「すまねえな。また、聞きたいことがあってな」

勘助は声をかける。

「はい」

おまちは頷いた。徳之助はそばから離れようとしなかった。

「親分。ここでは話も出来ません。さっきの場所で話を聞くほうがよくありませんか」

栄次郎が口をはさんだ。

「そうだな」

勘助はおまちの顔を見て、

「すまない。外につきあってもらいたい」

と、誘った。

「わかりました」

「番頭さん、すぐ終わりますから」

ついてこようとする徳之助に、栄次郎は言う。

「でも」

「心配いらねえ」

勘助も徳之助を制した。

「わかりました」

徳之助は不満そうに答える。

さっきの裏手に戻った。おまちは黙ってついて来た。

「じつは、伊右衛門を殺したのは単なる辻斬りではない。闇太郎という殺し屋だと思えるのだ」

勘助が切り出した。

「殺し屋？」

おまちが顔色を変えた。

「そうだ。闇太郎は誰かに伊右衛門殺しを依頼されたのだ」

「…………」

「そこでだ。伊右衛門を恨んでいた者に思いあたらないか」

「おとっつあんはひとさまから恨まれるようなひとじゃありません」

おまちが抗議するように言う。

「逆恨みってこともある」

勘助は言ってから、

「徳之助にきいたところでは、商売上のことでは特にもめていることはないそうだった。おまえさんの目からはどうだ？」

「ありません。おとっつあんは同業者の方たちとも仲良くやっていました。おとっつあんを殺したいと思っていたひとがいたなんて信じられません」

「よく考えるのだ。伊右衛門が死んで得をする者がいたはずだ」

勘助は迫るようにきく。

「いえ、いないはずです」

　おまちは否定した。

「伊右衛門さんに親しい女のひとはいなかったのですか」

　栄次郎は脇からきいた。

「いません。いれば、私もわかります」

「伊右衛門さんはもし悩みがあったとしたら、どなたに相談するのでしょうか」

「叔父だと思います」

「伊右衛門さんの弟だね」

　勘助が確かめる。

「そうです。でも、叔父もおとっつあんから何も聞いていません」

「今、『平田屋』を取り仕切っているのは番頭さんですね」

　栄次郎はさらにきいた。

「はい。私が店を継いで、その後見が叔父です。でも、商売のことは番頭さんに任せきりです」

「伊右衛門さんと番頭さんとの間に、商いのことで意見の対立はなかったのでしょうか」

「ありません。番頭さんはおとっつあんには忠実でしたから」

「こんなことをおききしては失礼かと思いますが」

　栄次郎はそう前置きして、

「あなたは番頭さんを婿に迎えることに異論はなかったのですか」

「おとっつあんの決めたことですから」

「本心は違うと？」

　栄次郎はさらに突っ込んだ。

「いえ、そういうわけでは……」

　おまちの目が微かに泳いだ。

「お店のためにするべきだと思ったのですか」

「…………」

　おまちは返事に窮したようだった。

「祝言は延期になったそうですが、いつ頃になりそうなのですか」

「四十九日が過ぎてからだと」

　おまちは寂しそうに言う。

「最近、伊右衛門さんに何か変わったことはありませんでしたか」

「…………」

「何かあったのですね」

「いえ、そういうわけではないのですが」

おまちは考えながら、

「殺される数日前から考え込んでいるようなところがありました」

「考え込む？　悩んでいたのではないのですか」

「わかりません」

「何を考え込んでいたのか、想像はつきませんか」

「いえ」

おまちは首を横に振った。

「伊右衛門さんは何者かに殺し屋を遣わされたんだ。そのことを頭に入れておいて、何か気づいたことがあったらすぐ知らせてくれ」

勘助が諭すように言って、おまちを帰した。

通りに出てから、

「親分、ありがとうございました」

と、栄次郎は礼を言う。

「いえ。それより、矢内さま。何かわかりましたか」

勘助がきいた。

「伊右衛門が殺される理由に、番頭も実の娘も思い当たる節《ふし》がないというのも不思議です。伊右衛門が死んで、誰かが利益を得たはずなんですが」

栄次郎は疑問を口にする。

「そうですね。徳之助もおまちも何か隠しているんでしょうか。あっしらはこれから同業者を当たって、『平田屋』のことを調べてみます」

「親分」

栄次郎は呼び止めた。

「殺された小普請組の御家人は何というお方か、教えていただけませんか」

「右田《みぎ》喬平《たきようへい》です。屋敷は南割下水《みなみわりげすい》です。訪ねるのですか」

「はい。調べてみようと思います。何かわかったらお知らせいたします」

「お願いします。お侍のほうはなかなか町方では調べにくいので」

栄次郎は勘助と別れ、本所に足を向けた。

五

空《から》っ風が真横から吹きつける。首をすくめ体を丸めて急ぎ足で職人体《てい》の男が両国橋を渡って行った。

栄次郎は橋を渡り、回向院《えこういん》の脇を通って亀沢町《かめざわちょう》の角を曲がって南割下水にやって来た。

途中にあった辻番所で、右田喬平の屋敷をきくと、事件を知っている番人は弔問に訪れると思ったのか、すぐに教えてくれた。

冠木門《かぶきもん》の屋敷の門を潜《くぐ》り、玄関まで行く。屋敷内はひっそりとしていた。

「お頼みいたします」

栄次郎は声をかけた。

しばらくして、前髪が取れて間もないぐらいの若い侍が出て来た。

「私は御徒目付矢内栄之進の弟栄次郎と申します。近くまで参りましたので右田喬平さまの仏前にお参りさせていただきたく思いまして」

「それはわざわざありがとうございます。父も喜びましょう。どうぞ、お上がりください」

やはり、喬平の子息のようだ。

「失礼します」

刀を腰から外し、栄次郎は式台に上がった。刀を預けようとすると、

「どうぞ、そのままお持ちください」

と、子息は答えた。

「そうですか」

栄次郎は刀を右手に持ち替え、子息のあとに従った。

仏間に通された。子息は灯明を上げてから場所を空けた。

栄次郎は仏壇の前に腰を下ろした。真新しい位牌が目に入った。手を合わせ、線香を手向《たむ》け、再び手を合わせる。

（なぜ、あなたは命を狙われなければならなかったのですか）

栄次郎は問いかける。

しばらく答えることのない相手に一方的に話しかけていたが、ようやく栄次郎は仏壇の前から離れた。

隣の部屋に妻女らしい女が待っていた。

「わざわざありがとうございました」

　妻女が礼を言う。

「ご妻女どのですか」

「はい」

「このたびはとんだことで」

　栄次郎は悔やみを言う。

「はい。突然のことで驚いております。せっかく、お役に就けようかと喜んでいた矢先でございましたから」

　小普請組は素行不良や病気などでお役が務められない者が配属される。喬平は病気がちでお役目をうまく果たせず、とうとう小普請組に落とされた。しかし、養生をした甲斐があって病も本復した。

　そこで、毎月の小普請組頭との逢対日には積極的に御番入りを希望した。もともと真面目で仕事が出来るという評判であったから、いよいよその希望が叶《かな》う兆《きざ》しが出て来たという。

「じつは、ご主人を殺したのは闇太郎という殺し屋である公算が高くなってきました」

栄次郎は口にした。

「殺し屋?」

妻女は目を見開いた。

子息も目を剝《む》いている。

「何者かがご主人を殺すように闇太郎に依頼をしたのです」

「ほんとうですか」

子息が膝を進め、

「当初、辻斬りだといわれていましたが」

と、言った。

「はい。しかし、数日前、私の兄の朋輩である御徒目付が闇太郎に喉を斬られて殺されました。大雨の夜のことであり、辻斬りとは思えない。そこから、闇太郎という殺し屋が浮かび上がったのです」

「何者かが父を殺すように闇太郎に依頼をしたというのですか」

「そうです」

子息が憤然と言う。

「いったい、誰が……」

ありませんか」

「お父上を恨んでいる者、あるいはお父上が死んで利益を得るものです。心当たりは
　栄次郎はふたりの顔を交互に見た。

「父上は殺されるほどひとから恨まれていたとは思えません」

「さきほど、御番入りが叶うことになったというお話がありましたが」

　栄次郎は口にした。

「はい。組頭さまからそのような内示を受けていて、とても喜んでおりました」

　妻女が目を細めて答える。

「まさか」

　子息が声を上げた。

「父がいなくなれば代わりに御番入りになる……」

「迂闊《うかつ》なことを言うものではありません」

　妻女がたしなめた。

「それはどなたでしょうか」

「館山新十郎《たてやましんじゅうろう》さまです」

　妻女が厳しい顔で答えた。

「喬平さまとはどのような間柄でしょうか」

「友人です」

「友人……」

栄次郎はなんとなくもやもやしたものを感じた。

「館山新十郎どののお屋敷はどこでしょうか」

「津軽越中守《つがるえっちゅうのかみ》さまの下屋敷の西側です」

妻女は答えたあとで、

「矢内さまは館山さまが殺し屋を雇ったとお考えですか」

「いえ。そこまでは考えていません」

「しかし、館山さまは夫の代わりに御徒衆への御番入りが決まったそうです」

妻女は険しい表情になった。

「いちおう調べてみますが、今のことはここだけの話にしておいてください。証がないのに迂闊なことを言うと、あとでたいへんなことになりますから」

栄次郎は注意をした。

「失礼なことをお伺いいたしますが、右田家は無事に継ぐことは出来たのでしょうか」

子息は十五、六ぐらいだ。小普請組の家督相続は十七歳以上でなければならないと聞いている。

「倅《せがれ》は今、十五にございますが、組頭さまのご配慮により、相続願いには十七歳として届け出をいたしました」

「では、無事に家督相続は出来たのですね」

「正式な知らせはまだですが、組頭さまからはそのように聞いております」

「そうですか。それはよございました」

栄次郎は右田家のためにほっとした。

「では、私はこれで」

もう一度、会ったことのない右田喬平の位牌に手を合わせ、栄次郎は右田家から引き上げた。

栄次郎は津軽越中守の下屋敷に向かった。屋敷の西側にも小禄の武士の屋敷が並んでいる。

館山新十郎の屋敷の前に立つと、屋敷の中が慌ただしい様子だった。栄次郎は門を潜った。

中間らが荷物の整理をしているのだ。その光景を見ていて、背後から声をかけられた。

「どちらさまかな」

四十ぐらいの中肉中背で渋い顔だちの武士が立っていた。

「黙って入って失礼をいたしました。私は矢内栄次郎と申します。館山新十郎さまにお会いしに参りました」

「わしに？」

「館山さまですか」

「さよう。わしに何か用か」

「じつは、先月に殺された右田喬平さまと親しい間柄とお聞きし、右田さまのことで教えていただきたいことがありまして」

「右田のこと」

新十郎は顔をしかめた。

「じつは右田さまは闇太郎という殺し屋に斬られたようなのです。つまり、何者かが右田さまに殺し屋を差し向けたのです」

「そなたは何者なのだ？」

「先日、私の兄の同輩である御徒目付が闇太郎に斬られました。そのとき、私は逃げる闇太郎と遭遇したのです。闇太郎は私に斬りつけて逃走しました。そのことから、右田さまを襲ったのも単なる辻斬りではなく、闇太郎の仕業とわかったのです」

「なぜ、そうだと言えるのだ？」

新十郎は厳しい顔できく。

「喉の傷です。闇太郎の手口と同じです」

「それで、わしに何がききたいのだ？」

「右田さまを恨んでいる者がいたかどうか知りたいのです」

「恨んでいる者か」

「ご存じですか」

「さあ、思いつかぬな」

「恨んでいる者はいないということでしょうか。それとも、そこまで右田さまのことを知らないということでしょうか」

「そうだ。知らない」

「親しい仲とお聞きしましたが」

「親しいからといって、なんでも話しているわけではない」

「そうですか」

栄次郎は屋敷の中の騒ぎに目をやり、

「片づけ物ですか」

と、きいた。

「引越しの準備だ」

「引越しなさるのでございますか」

「御番入りの内示をもらったのでな」

新十郎は笑みを浮かべた。

「ひょっとして、右田さまがお就きになるお役目に？」

栄次郎はわざと挑発するようにきいた。

「もう話すことはない。引き上げてもらおう」

新十郎は厳しい顔で言う。

「館山さま、もうひとつだけお聞かせください」

栄次郎は新十郎の顔を見据え、

「館山さま以外に、右田さまが亡くなって利益を得る者がいたかどうかわかりませんか」

「無礼もの」

いきなり。新十郎が怒鳴った。

「わしは右田が死んだからお役に就けたような言いぐさではないか」

「そうではないのですか」

栄次郎は相手を怒らせるように言う。

「違う。帰れ」

新十郎は憤然と言う。

「失礼しました」

栄次郎は会釈をして門に向かいかけた。

「待て」

新十郎が呼び止めた。

「わしの御番入りは右田の代わりではない。わしも右田も同時に御番入りが決まったのだ。右田の死とは関係ない。組頭さまにきいてみることだ」

新十郎は口許を歪めて言った。自信に満ちた表情だ。

「わかりました。失礼します」

栄次郎は新十郎の屋敷を出た。

ふたり同時に御番入りが決まることがあるのだろうか。お役に就けるということはどこかのお役に欠員が生じたということだ。

しかし、自信に満ちた言い方から嘘ではないように思える。それに、右田喬平と館山新十郎が同じお役目を希望していたかどうかわからない。でも、別の希望の者を後釜に据えるとも思えない。

そうなると、新十郎への疑いは根拠をなくすか。

栄次郎は両国橋を渡り、浅草御門を潜った。陽は屋根の向こうに沈み、西の空が紅く染まっていた。


栄次郎は浅草黒船町のお秋の家に着いた。

「栄次郎さん、きょうは遅いのね」

お秋が出て来て言う。

「今夜、崎田さまはいらっしゃいますね」

「ええ」

「よかった」

「珍しいのね。旦那を待ち望むなんて」

「ちょっとお訊ねしたいことがあるので」

栄次郎はそう言いながら二階に上がった。

崎田孫兵衛がやって来るまで半刻あまりある。栄次郎は三味線をとり出して、弾きだした。

弾きはじめるとすっかり夢中になって気がついたとき、行灯に明かりが灯っていた。夢中で弾いていて、お秋が明かりを入れに来たのもわからなかった。

撥の手を休めたとき、廊下からお秋の声がした。

「旦那がお見えですよ」

「わかりました」

三味線を片づけ、栄次郎は階下に行く。

孫兵衛は居間の長火鉢の前で煙草《たばこ》を吸いながらくつろいでいた。奉行所では偉い立場なのだが、ここにいる孫兵衛は若い妾に鼻の下を伸ばしているただの男だ。

「栄次郎どの。わしに何かききたいことがあるそうだな」

煙管《きせる》を口から離して、孫兵衛がきいた。

「はい。闇太郎のことです」

栄次郎が切り出すと、孫兵衛は渋い顔をした。

「闇太郎か」

「十年前、取り逃がしたそうですね」

「うむ」

孫兵衛は煙管を口に運び、苦い顔で吸ってから眉間に皺を寄せて煙を吐いた。

「闇太郎の正体をつかむことは出来なかったそうですが、仲介人も手掛かりはなかったのですか」

「残念ながらそうだ」

孫兵衛は煙管を長火鉢に叩いて灰を落とした。

「闇太郎のことでわかっていることを教えて欲しいのですが」

「何もわからなかった」

「依頼人もわからなかったのですね」

「いや、何人かは特定出来た。しかし、なんの証もなく、追及は出来なかった」

「依頼人はどうやって闇太郎と接触したのでしょうか」

「上野《うえの》の五條天神《ごじょう》の参道に大道易者がいる。どうやら、その易者が仲介をしているらしいと睨んだが、証拠を摑めなかった」

「依頼人は、どうしてその大道易者のことを知ったのでしょうか」

「おそらく最初はその易者に手相を見てもらった客が依頼をしたのではないか。わしもその大道易者をこっそり見てみたが、「悩み請け合い」と幟《のぼり》に書いてあった。その客からの口伝えで広まっていったのではないか。奉行所の者も悩みを抱える者に化けて易者に近付いたが、尻尾《しっぽ》を出さなかった」

孫兵衛は言う。

「大道易者ですか」

栄次郎はなるほどと思った。依頼人はその易者に話すだけで闇太郎とは接しないのだ。

「闇太郎の正体を知っているのは大道易者だけだったのですね」

「そうだ」

「今もそうでしょうか」

「いや。五條天神には大道易者はいない。おそらく、今は別の手立てをとっているのであろう」

「なぜ、十年前に闇太郎は殺しをやめ、どうして今になって再び殺戮をはじめたのでしょうか」

栄次郎は疑問を口にする。

「おそらく」

孫兵衛は首を傾げ、

「大道易者と闇太郎の間に何かあったのではないか」

と、口にした。

「と、仰いますと？」

「わからぬが、分け前の問題とか」

「ふたりは袂《たもと》を分かったと？」

「そうだ。闇太郎だけでは依頼人を見つけることも出来まい」

「では、今回はどう見ますか」

栄次郎はきいた。

「今回の闇太郎の仲介者は当時の大道易者でしょうか。それとも、新しい仲介者が現れたのでしょうか。崎田さまはどうお考えになりますか」

「わしが見た大道易者は当時で四十を過ぎていたと思う。今は五十過ぎだ。その男が再び殺し屋の仲介をはじめたとは思えぬ」

「では、新しい仲介者と闇太郎が手を組んだということですね」

「わしはそう見ている」

孫兵衛は厳しい表情で言う。

「つまり、闇太郎が新しい仲介者を見つけたということでしょうか」

「そうであろう」

孫兵衛は口許を歪め、

「闇太郎が復活するとは想像さえしていなかった」

と、吐き捨てた。

「今回の仲介者も大道易者になりすましているのでしょうか」

「そのことも考えられるが……」

孫兵衛はやりきれないように、

「十年前、解決出来なかった付けがまわってきた。いずれにしろ仲介者は当時と別人だろうが、闇太郎は同一人物であろう。あの喉を斬る剣の技を真似るのは難しいはずだ」

「なぜ、闇太郎は復活したのでしょうか」

「金だ」

孫兵衛は言下に言った。

「なんらかの事情で金が入り用になったのであろう。そうとしか、考えられぬ」

孫兵衛は憤然と言った。

「十年前、最後の闇太郎の仕事は覚えていらっしゃいますか」

栄次郎はきいた。

「最後の……」

孫兵衛は目を細めた。

「口入れ屋『大黒屋』の主人笹五郎殺しです」

「…………」

孫兵衛の目が鈍く光った。

「笹五郎殺しが闇太郎の最後の仕事でした」

「そうだったな」

孫兵衛の顔は暗く沈んでいた。

やはり、十年前、事件を解決出来なかったことで南町の筆頭与力である孫兵衛は責任を感じているのかもしれない。

「お酒、お持ちしましょうか」

お秋が孫兵衛に声をかけた。

しかし、孫兵衛は聞こえなかったかのように何かを考え込んでいた。

第二章　仲介人

一

二日後《ふつか》の朝、青空が広がっている。寒さはいくぶん和《やわ》らいでいる。五條天神の参道を行く参詣者は多い。

参道を歩いてみたが、大道易者は出ていない。

栄次郎は水茶屋に入った。緋毛氈《ひもうせん》を敷いた縁台に腰をおろし、茶汲み女に甘酒を頼んだ。老若男女が目の前を行きすぎる。

茶汲み女が甘酒を持って来た。

「ありがとう」

栄次郎は湯呑みを受け取る。

参詣を終えた老夫婦が茶屋に入って来て、少し離れた腰掛けに座った。

「いらっしゃい」

茶汲み女が老夫婦に声をかけた。顔馴染みのようだ。注文を聞いて湯沸かしのほうに向かう。

茶汲み女が甘酒を老夫婦に届けたあと、ふと思いついて、栄次郎は通りかかった茶汲み女に声をかけた。

「あのおふたりはよくここに？」

小声できいた。

「いえ。年に一度、顔をお出しになります」

「いつ頃からでしょうね」

栄次郎はさりげなくきいた。

「若い頃から毎年来ているみたいです」

新しい客が入って来たので、茶汲み女は会釈をして去って行った。

栄次郎はゆっくり甘酒を飲んだ。やがて、老夫婦が立ち上がった。

栄次郎も銭を置いて、老夫婦のあとを追った。

「もし」

栄次郎は声をかけた。

「すみません。突然、呼びかけて」

栄次郎は詫びてから、

「この神社には昔からお参りをしているようですが」

と、ふたりの顔を交互に見た。

男は白髪の目立つ五十代半ば、女も五十前後に思えた。

「ええ。もう二十年は来ています」

警戒ぎみに、男が答える。

「では、十年前も？」

「ええ。毎年欠かしたことはありませんから」

「つかぬことをお伺いいたしますが、十年前、この参道に大道易者が出ていたかどうか覚えていらっしゃいますか」

「易者？」

男は女と顔を見合わせ、

「十年前に一度だけ出ていましたね」

最初は警戒したが、ふたりの表情はすぐ柔らかくなった。栄次郎の醸し出す雰囲気が疑いを消したようだ。

「十年前のことをよく覚えていらっしゃいますね」

栄次郎が感心したように言う。

「観てもらいましたから」

「伜に店を譲るかどうか迷っていたのを観てもらい、譲る決心をしたのです」

女が口を入れた。

「そうです。隠居して十年ですから、易者に観てもらったのは十年前でした。ただ、その易者はその前の年も見たことがあります」

男が思い出すように言う。

「どんな易者か覚えていますか」

「覚えています。顎鬚《あごひげ》が長くて白くなっていました。目のぎょろっとした顔をしていました」

「何か変わったことはありませんでしたか」

「変わったこと?」

「たとえば、易者らしくなかったとか」

「いえ、ちゃんと占ってもらいましたよ。その占いの卦《け》のとおりに伜に店を譲ったのです。道楽息子でしたが、譲ったあとは商人らしくなり、店も大きくしてくれました。あの易者さんに観てもらってほんとうによかったと感謝しています」

「そうですか」

闇太郎と依頼人を仲介する者という印象はまったくなかった。

「その次の年にはもう易者は出ていなかったのですね」

「ええ、いませんでした。ただ、参道の入口近くに、別の易者が出ていましたが」

「十年前の易者をどこかで見かけたりしたことはなかったのですか」

「ありません」

「そうですか。わかりました。お引き止めして申し訳ありません」

栄次郎は老夫婦と別れたが、十年前に大道易者が出ていたことが確かめられただけで、正体を突き止める手掛かりは得られなかった。

「栄次郎さん」

声をかけられ、振り向くと新八《しんぱち》が立っていた。

今朝、明神下の長屋に新八を訪ねたが、まだふとんの中だった。昨夜、遅かったらしい。そこで、ここで待ち合わせをしたのだ。

新八は大名屋敷や大身《たいしん》の旗本屋敷、そして豪商の屋敷などに忍び込むひとり働きの盗人《ぬすっと》だった。忍び込んだ屋敷の武士に追われた新八を助けてから、栄次郎と親しくなった。今は盗人をやめ、御徒目付である兄の手先として働いている。

「今のひと、誰なんですね」

新八が不思議そうにきいた。

「十年前、この参道に大道易者が出ていたそうなんです。その大道易者が殺しの依頼を引き受けて、闇太郎という殺し屋に伝えていたと……」

栄次郎は説明し、

「あの夫婦は十年前にその易者に占ってもらったことがあったそうです。でも、手掛かりになるものは得られませんでした」

栄次郎は境内に向かいながら言う。

「栄次郎さんも闇太郎のことに首を突っ込んでいるのですか」

横に並んで、新八がきいた。

「では、新八さんも兄から？」

「ええ。栄之進さまから頼まれて、昨夜は真島さまが会っていたという材木問屋の『信州屋』の主人について調べていたのです。それで、帰って来たのが遅く、朝は寝坊してしまいました」

「そうでしたか」

やはり兄は真島又一郎が何を調べていたのか調べだしているようだ。

「何かわかりましたか」

栄次郎はきいた。

「いえ。じつは『信州屋』の主人は、真島さまが殺されてから病気と称して家に閉じ籠もり切りなのです」

「病気なのですか」

「それを確かめるため昨夜、深川《ふかがわ》の家に忍んでみました。信州屋は臥《ふ》せっていません。ただ、なぜか怯えているようです」

「怯えている？」

栄次郎は妙に思った。

「ええ、用心して外に出ないようです」

「何に用心をしているのでしょうか。まるで、闇太郎に狙われることを恐れているようですが」

「そんな感じです」

真島又一郎は旗本の誰かの不正に気づき、そのことで信州屋から話を聞こうとしたのではないか。

闇太郎のことは信州屋も承知のことではなかったのか。だとしたら、信州屋は誰を恐れているのか。

奉行所か。

「あの怯えようからすると、闇太郎のことを恐れているんじゃないかと、あっしには思えるんですが」

「すると、信州屋は真島さまに何かを伝えようとしていたのでしょうか」

「そうかもしれません。真島さまは信州屋から協力を得ていたのだと思います。ところが、自分と別れたあとに真島さまが殺されたことで、次は自分の番だと怖くなったのではないでしょうか」

「なるほど。真島さまを殺したことは、信州屋への十分な脅しにもなっているということですね」

「そういうことだと思います」

新八は答えた。

「兄は、真島さまの仕事のあとを継ぐことになったのでしょうか」

「そのようです。ただ、真島さまが何を調べていたのか、組頭さまも知らせを受けていないので、今は手さぐりでことを進めるしかないと、栄之進さまは仰《おっしゃ》っておいでした」

「そうですか」

「栄次郎さん、あっしに何か」

新八がきいた。

「調べていただきたいことがあったのですが、兄のほうがあるなら」

「いえ、だいじょうぶです。なんですか」

「では、無理しないで」

栄次郎はそう言ってから、

「じつは、真島さまが斬られる前に、本所の小普請組の直参《じきさん》が斬られました。右田喬平というお方です。御番入りが決まりかけていて不幸に遭ったのです。その代わりに、館山新十郎という右田喬平の友人が御番入りに……」

栄次郎は言葉を切ってから、

「ただ、館山新十郎は右田喬平の代わりではなく、ふたりとも御番入りが決まっていたというのです。そのことは組頭さまにきいてもらおうと、兄に頼むつもりですが、館山新十郎というひとが気になるのです」

栄次郎は続けた。

「友人の右田喬平が殺されたというのに、館山新十郎はどこか他人事《ひとごと》なのが引っ掛かるのです。もっと闇太郎に怒りをぶつけてもいいのではないかと」

「わかりました。館山新十郎ですね」

「ええ、屋敷は本所の津軽越中守さま下屋敷の西側にあります。すみません、兄にも新八さんに頼んだことは伝えておきます」

拝殿の前でふたりは並んで柏手を打ち、踵《きびす》を返した。


栄次郎は新八と別れ、浅草黒船町のお秋の家に向かった。

闇太郎を見つけるためには仲介者を探し出さねばならない。それには依頼人を見つけるしかない。

館山新十郎が依頼人かどうかわからない。しかし、右田喬平を始末しようとした依頼人は喬平の近くにいる者だ。また、真島又一郎殺しの依頼人も又一郎の周辺にいる人物に違いない。『平田屋』の主人伊右衛門殺しの依頼人も伊右衛門の近くにいるのだ。

依頼人を見つけ出せば、どうやって仲介人とつながりが出来たかを問い詰めることが出来る。そして、依頼人から闇太郎に辿りつける。そんな単純ではないだろうが、それしか手立てがなかった。

お秋の家に着き、栄次郎は二階に上がった。

三味線をとり出したが、闇太郎のことが頭から離れなかった。

十年前の仲介人は大道易者だった。すべての依頼を五條天神の参道で聞き入れていたわけではあるまい。

詳しい相談は易者の住まいで行なわれたのではないか。

今回もそれを踏襲しているに違いない。

そんなことを考えていると、襖の向こうからお秋の声がした。

「栄次郎さん。伝蔵さんというお方がお見えです」

「伝蔵さん……」

仏師の伝蔵だ。

栄次郎は階下に行った。

土間に背筋を伸ばし、伝蔵が端然と立っていた。

「矢内さま。申し訳ありません。押しかけて」

伝蔵は丁寧に頭を下げる。

「構いませんよ。さあ、上がってください」

栄次郎は伝蔵を二階の部屋に上げた。

差向《さしむか》いになってから、

「何かありましたか」

と、眉間に深い皺が刻まれた伝蔵の顔を見つめた。

「じつはあれから家内があまり元気がないのです」

「元気がない？」

「元亭主の笹五郎を殺した闇太郎が再び現れたということで、平静でいられなくなったようなのです」

「そうですか。よけなことをお耳に入れてしまいましたね」

栄次郎は詫びるように言う。

「とんでもない」

伝蔵はあわてて言い、

「ただ、そうなると私ものんびりしていられなくなりました。誰が笹五郎殺しを依頼したのか。家内はそのことを知りたがっておりますから」

おそのは闇太郎を恨んでいないような口振りだったが、やはり元夫が殺された衝撃は消えないのか。

「矢内さま。お願いです。私にも闇太郎という殺し屋を探し出す手伝いをさせていただけませんか」

「しかし」

「家内のために何かしたいのです。私にも何か出来ることがあれば」

伝蔵は熱心に訴える。

『平田屋』の主人伊右衛門の周辺を探るには伝蔵のような年配の男がいいかもしれない。伝蔵は岡っ引きに見えない。怪しまれずに動き回れるかもしれない。

「わかりました。お手伝いしていただきます」

「ありがとうございます。で、何をやれば」

伝蔵は身を乗り出した。

「最初に闇太郎に殺されたのは本石町にある『平田屋』の主人伊右衛門さんです」

栄次郎は『平田屋』の娘おまちと番頭徳之助の縁組がきまっていたことも話した。

「伊右衛門さんはひとから恨まれるようなひとではないそうです。また、商売上のもめごともなかったという話でしたが、実のところはわかりません。伊右衛門さんはなぜ、殺されなければならなかったのか。そのことがわかれば誰が闇太郎に暗殺を依頼したかが明らかになります」

栄次郎は息継ぎをし、

「依頼した者を問い詰め、闇太郎に繋がりをつける手立てを白状させ、闇太郎を探し出します。まあ、簡単にはいかないと思いますが」

本所の小普請組の直参と先日の御徒目付殺しは自分と新八という者が調べると、栄次郎は話した。

「ぜひ、やらせてください」

伝蔵は厳しい顔で言った。

「お願いします。ただし、決して無理をしてはいけません」

「はい」

「ところで、このことをおかみさんは？」

「いえ、知りません。内緒で」

伝蔵は頭を下げた。

「では、打ち合わせはここでということで」

「はい」

興奮しているのか、伝蔵は目をぎらつかせながら引き上げて行った。

伝蔵に任せると言ったものの極めて危険なことだ。場合によったら、伝蔵に殺し屋を向けられるかもしれない。

新八にも頼んで伝蔵を見守ってもらおうと思った。

二

その夜、栄次郎は早く帰宅をし、兄の帰りを待った。

新八の話では兄は真島又一郎の仕事を引き継ぐことになったらしい。今度は兄の身が危険にさらされるかもしれないと栄次郎は心を引き締めた。

兄が帰って来た。頃合いを見計らって、栄次郎は兄の部屋を訪ねた。

「兄上、よろしいでしょうか」

栄次郎は襖に手をかけて言う。

「入れ」

「はっ」

栄次郎は襖を開けた。冷たい風が吹き込んでいた。

兄は常着に着替え、濡縁に立ち、庭を眺めていた。

「兄上。真島さまのお役を引き継いだそうにございますね」

栄次郎は兄の背中に声をかける。

兄は障子を閉めて振り返った。

部屋の真ん中で、栄次郎は兄と差向《さしむか》いになった。

「又一郎の仕事を引き継ぐといっても、あの男が何をしていたのかは組頭さまも知らないのだ」

「どういうことですか」

「ある旗本に不審な動きがあり、今それを調べていると組頭さまに伝えただけで、その旗本が誰か、どんな不審があったのか。それを口にしていなかったそうだ」

「なぜですか、組頭さまにはすべてお話をしておくのが当然なのでは?」

「おそらく、まだはっきりしていなかったのであろう。信州屋から肝心な話を聞こうとしたのではないか。だが、その帰りに殺されてしまった」

「信州屋はなんと?」

「ただ会いたいと頼まれたから会っただけで、何も話をしていないということだった」

兄は厳しい表情で言う。

「何もなくて会いましょうか」

「うむ」

「信州屋の様子はおかしくありませんか」

栄次郎は膝を進め、

「ひょっとして、信州屋は大事な話を真島さまに伝えたのではありませんか。でも、その帰りに真島さまが殺された。それで、信州屋は怖《お》じ気づいたのでは……」

だから、家の中に引き籠もったままなのだ。

「そうかもしれぬ」

兄も同じ考えのようだった。

「信州屋を問い詰めるためなら料理屋で会うまい。じつは神田明神境内にある『沢むら』という料理屋で、信州屋は同業者と会っていたそうだ。途中、その座敷を抜け出て、又一郎に会ったそうだ」

「信州屋のほうから真島さまに何かを告げたのではないかと思えますが」

「信州屋は否定した」

兄は悔しそうに、

「又一郎が何を調べていたか、それを知っていたのは信州屋だけだ。その信州屋が口を閉ざしてしまっては……」

「他に何か手掛かりは？」

「信州屋は材木問屋だ。材木問屋絡みだとしたら作事奉行やその周辺の不正を探っていたと考えられる。だが、商売と関係ないことだったら、想像もつかなくなる」

「近々、大きな普請はないのですか」

「寛永寺《かんえいじ》の大掛かりな修繕がある」

「そこには？」

「信州屋は絡んでいない」

「でも、同業だからこそ知り得た秘密があり、義憤にかられた信州屋が真島さまにになにもかも告げたのでは？」

「………」

「そうだとしたら、信州屋とつきあいのある材木問屋が不正に絡んでいるという想像も出来ます」

「うむ。だが、信州屋が口を閉ざした今、どうしようもない」

兄は眉間に皺を寄せた。

「信州屋をなんとか説き伏せてほんとうのことを話させないとなりませんね」

「難しい」

兄は首を横に振り、

「『沢むら』の帰りに又一郎が殺されたことで、信州屋はすっかり恐怖に駆られてしまったのだ。信州屋にしてみれば、『沢むら』で又一郎に会うことは他に誰も知らないはずのことなのだ。だが、敵はすべて動きを知っていた。信州屋が臆病になるのも無理はない」

「兄上、ではどうなさるのですか。真島さまの仇《かたき》も討てないことになりませんか。それより、兄上のお立場です」

栄次郎はむきになった。

「真島さまの跡を継いだ任務が不首尾に終わることになるではありませんか」

「組頭さまはわかっているから心配はいらぬ」

兄は言い切ってから、

「それに、手立てはひとつだけある」

と、拳《こぶし》を握りしめた。

「ひとつだけ？」

「闇太郎を見つけることだ。誰に頼まれて又一郎を襲ったのか、それをきき出すことだ」

「つまり、他の二件から闇太郎をあぶり出すしかないと」

「そうだ。信州屋への働きかけは続けるが、おそらく信州屋は恐怖から敵に屈したのだろう。期待は持てない。それより、他の二件を徹底的に洗うのだ」

兄は珍しく強い口調で言った。

「もしかして」

栄次郎は察して口にした。

「兄上は、真島さまが調べていた武士に心当たりがあるのではありませんか」

「…………」

「そうなのですね」

「又一郎は自分の胸に秘めていた。誰に目をつけていたかはわからぬ」

「真島さまがどう考えるかをたぐっていけば、相手の想像がつくのではありませんか」

「想像だけではいかんともしがたい」

「でも、兄上はその武士を密かに調べようとしているのでは？」

「…………」

「そのことは組頭さまには？」

「違っていたら、組頭さまに迷惑をかける。俺の一存ですることだ。おそらく、又一郎も俺と同じ考えで誰にも話していなかったのだろう」

「でも、真島さまの追及は正しかったことになります。おそらく兄上も真島さまのあとを辿り、真相に近付いていくに違いありません。そのとき、敵にとって今度は兄上が目ざわりな存在になりましょう」

「それで俺に闇太郎を差し向けるかもしれぬ。それは望むところだ」

兄は悲壮な覚悟で言う。

「兄上、私がお守りします」

「わしのことは心配いたすな。それより、栄次郎。そなたには他の二件を調べてもらいたい」

「じつは新八さんに小普請組の直参殺しのほうを、『平田屋』の主人殺しのほうは伝蔵という男が調べてくれることになりました」

栄次郎は伝蔵のことを話した。

「伝蔵のかみさんは闇太郎とそのような因縁があったのか」

「はい。そうそう、小普請組の直参殺しの件で、兄上にお調べいただきたいことがあるのですが」

　栄次郎は切り出した。

「殺された小普請組の右田喬平はこのたび御番入りが決まっていたそうです。右田喬平が死んで、代わりに友人の館山新十郎どのが御番入りになったのです。館山どのに訊ねたところ、右田喬平の代わりではなく、もともとふたりとも御番入りが決まっていたと言うのです。果たして、そうなのか。小普請組頭さまにきいていただけないでしょうか」

「わかった。明日、問い合わせてみよう」

「ありがとうございます」

「栄次郎、わかっていると思うが、このことは母上には内密にな、心配をかけたくない」

「はい。では」

　栄次郎は立ち上がった。

　自分の部屋に戻って、栄次郎は改めて闇太郎のことを考えた。

　なぜ、闇太郎は矢継ぎ早に殺しを実行したのか。仲介人のせいだろうか。

　仲介人はどうやって殺しを請け負っているのか。

諸々のことを考え、栄次郎はなかなか寝つけなかった。が、いつの間にか寝入ったようで、夢を見て目を覚ました。

闇太郎と対峙していた。闇太郎は剣を顔の前で構え、いきなり逆手に持ち直して斬りかかってきた。切っ先が栄次郎の喉を目掛けて迫った。

そのとき、目が覚めたのだ。凄まじい剣だ。いつか闇太郎と対峙するときがくるかもしれない。あの魔剣をどう防ぐか。

栄次郎は目が冴えていた。

翌日は本石町の『平田屋』に様子を見に行くと、伝蔵が店先を見通せる場所で、様子を窺っていた。

「伝蔵さん」

栄次郎は声をかけた。

「矢内さま」

伝蔵はあわてて会釈をした。

「ひとの動きと奉公人の顔を見てみようと思いまして」

伝蔵は『平田屋』の店先に目を向けて言った。ちょうど、番頭の徳之助が客を見送りに出て来たところだった。

「あれが番頭の徳之助です。おまちの壻《むこ》になる男です」

栄次郎は教えた。

「苦《にが》み走った顔だちですね。女に好かれそうです」

伝蔵は鋭い目を向けて言う。

徳之助はすぐ店に入って行った。

「私は行きます。けっして無理をしないでください」

「へえ、無理はしません」

伝蔵は言った。

栄次郎はそれから深川に向かった。

永代橋《えいたいばし》の真ん中で数人の男女が足を止めて欄干のそばから海の上に浮かぶような冠雪した富士を眺めていた。

栄次郎も立ち止まったが、すぐに先を急いだ。

木場《きば》の三好町《みよしちょう》にやって来た。あちこちに材木置場があり、『信州屋』の前にやって来た。堀には丸太が浮かんでいる。

栄次郎は店の前を通る。店の中を覗いたが、薄暗くてわからない。栄次郎は少し先にある『秋田屋《あきたや》』という材木問屋を訪ねた。

「ご主人はいらっしゃいますか」

栄次郎は番頭らしき男に声をかけた。

「失礼ですが、お侍さまは？」

「失礼しました。矢内栄次郎と申します。少し、信州屋さんのことで教えていただきたいことがありまして」

「信州屋さんのこと？」

「はい」

奥から恰幅のよい男が出て来た。

「旦那さま」

番頭が近付いて行き、何事か囁いている。主人らしい男の目がこっちに向いた。

それから、主人らしい男が近付いて来た。

「私が『秋田屋』の主人ですが」

「矢内栄次郎と申します。じつは信州屋さんが病に臥していると聞きました。そのことで、何かご存じかと思いましまして」

「信州屋さんが病に臥している？　いえ、それは知りません」

「そうですか」

「そういえば、先日八丁堀《はっちょうぼり》の旦那がやって来ました。なんでも殺されたお侍さんと直前まで信州屋さんがいっしょだったとか」

「はい。先日、殺された侍は私の知り合いでした。その直前までごいっしょしていた信州屋さんから話をききたいと思ったのですが……」

栄次郎は続けた。

「信州屋さんとお会いすることは？」

「近所ですからね。よく、お会いします」

「近頃、信州屋さんに変わったことはありませんでしたか」

「さあ、気がつきませんね」

「近々、大きな公儀の普請があるのでしょうか」

「寛永寺の大掛かりな修繕があるやに聞いていますが、それには信州屋さんは加われないでしょうよ」

「では、どこが？」

「入船町《いりふねちょう》にある『山喜屋《やまきや》』です。おそらく、『山喜屋』が請け負うはずです」

秋田屋は微《かす》かに眉根を寄せた。

「『山喜屋』……」

「先代が亡くなって、伜の代になってからかなり派手に振る舞っています」

「派手にと言いますと？」

「作事奉行を料理屋に接待したり、賂《まいない》もかなり送っているのではないでしょうか」

「賂ですか」

「信州屋さんもかなり作事奉行に食い込んでいましたが、近頃では山喜屋の攻勢が凄まじく、すっかり後塵《こうじん》を拝してしまったようです。病になったとしたら、そのことが原因かもしれませんね」

秋田屋は皮肉そうに顔を歪めた。

「信州屋さんも作事奉行には賄賂を？」

「そうでしょう。でも、山喜屋さんのほうが凄まじいのでしょうね。お奉行どのもそれはたくさんくれる山喜屋のほうがいいでしょう」

「この話は奉行所には？」

「していません。何の証《あかし》もなく、ただ僻《ひが》みだと言われるのがおちですから。おっと、私がこんな話をしていたなんて言わないでくださいな」

「ええ、わかっています」

栄次郎は応じてから、

「『山喜屋』の主人はどのようなお方なのですか」

と、きいた。

「豊太郎《とよたろう》といい、三十歳の見映えのいい男です。芸者にも好かれ、仲町《なかちょう》で派手に遊んでいます」

秋田屋はまるで日頃の鬱憤を晴らすように口にした。山喜屋豊太郎には苦々しい思いでいたのであろう。

「いろいろ参考になりました」

栄次郎は礼を言い、『秋田屋』の土間を出た。

秋田屋の一方的な話ではどこまでほんとうかわからない。栄次郎は堀沿いを入船町に向かった。

『山喜屋』の前は大きな堀で、丸太がたくさん浮かんでいた。大きな間口の広い土間に入ると、数人の法被《はっぴ》を着た男の姿が見えた。

栄次郎は近くにいた男に声をかける。

「ご主人にお会いしたいのですが」

栄次郎は声をかける。

「失礼ですが、どちらさまで？」

腕っぷしの強そうな男がきいた。

「御徒目付の真島又一郎の縁の者で、矢内栄次郎と申します」

「ちょっと聞いてきます」

男は奥に行った。

やがて、細身の渋い感じの男が出て来た。主人の豊太郎だろう。

「私に何か」

豊太郎がきいた。

「ご主人ですか。私は先日殺された御徒目付の真島又一郎と縁のある矢内栄次郎と申します」

栄次郎は答えてから、

「山喜屋さんは真島又一郎をご存じだったでしょうか」

「いや、知りません」

豊太郎はあっさり否定する。

「名前を聞いたことは？」

「ありません」

豊太郎は微笑《ほほえ》みを浮かべ、

「なぜ、私が真島というお方を知っているとお思いになったのでしょうか」

と、きいた。

「真島さまが『山喜屋』さんのことを口にしていたので」

栄次郎が言うと、豊太郎が微かに眉根を寄せた。

「ところで、作事奉行とは懇意なようですが？」

「材木問屋の者ならば誰も作事奉行を疎《おろそ》かにはいたさないでしょう」

豊太郎は鋭い眼差しを向けた。

「そうでしょうね。勝手に押しかけ、失礼いたしました」

会釈をして踵を返しかけたが、ふと思いついて、

「私は浅草黒船町のお秋というひとの家におります。真島又一郎のことで何か気づいたことがあればそこの家までお訪ねください」

栄次郎は厳しい顔付きの豊太郎を残し、土間を出て行った。

もし、栄次郎が邪魔だと思えば、殺し屋を遣わすかもしれない。それが狙いだった。

その後、お秋の家に行ってから夕方に本郷の屋敷に戻った。

三

夕餉をとり、部屋で待っていると、五つ半（午後九時）頃になって兄が帰って来た。

栄次郎は兄の部屋に行った。

着替えを終えた兄と部屋の真ん中で差向いになった。

「兄上、じつはきょう木場に行ってみました」

「木場に？　『信州屋』か」

「近くにある材木問屋の『秋田屋』から信州屋にまつわる話を聞いてきました」

「…………」

「寛永寺の大掛かりな修繕は入船町にある『山喜屋』が請け負うだろうと言ってました。『山喜屋』の主人豊太郎はかなり作事奉行に食い込んでいるそうです」

「『山喜屋』か」

「はい。以前は作事奉行とは『信州屋』が一番懇意にしていたそうですが、今や山喜屋豊太郎がとって代わっているそうです」

「やはり、又一郎は作事奉行の不正に目をつけていたのか」

「おそらく、信州屋が腹いせに真島さまに『山喜屋』と作事奉行の不正を訴えたのではありませんか」

「うむ」

兄は難しい顔をした。

「真島さまは作事奉行の不正を調べていたのではありませんか」

「組頭さまにも告げていなかった。老中か若年寄より直《じか》に内命を受けたのであろうか」

兄は真島又一郎が組頭に何も告げていなかったことを気にした。

「信州屋の話を聞いた上で、組頭さまに報告するつもりだったのではありませんか」

「そうかもしれぬが……」

兄は呟き、

「それにしても又一郎はどこまで調べ、どの程度の証を握っていたのか……。信州屋が口をつぐんでしまったことは返す返すも残念だ」

「作事奉行から何らかの脅しがあったのでしょうか」

「そうであろう」

真島又一郎が殺されたことを知り、我が身の危険を感じ、信州屋はすっかり不正を暴く気力を失ってしまったのだ。

　今から、作事奉行と『山喜屋』との不正に斬り込むことは、兄にも難しいかもしれない。ただ、もし老中か若年寄より直に内命を受けているとしたら、幕閣のほうに作事奉行を疑う根拠があるはずだ。

「それより、直に内命を受けていたなら、今度は真島さまに代わって兄上に内命が下るのではありませんか」

「いや、その様子はない」

「そうですか」

　栄次郎も首を傾げた。

「あるいは、又一郎の死で、証拠隠滅を図られたと思い、不正の追及を諦めたのかもしれない」

　兄は呟《つぶや》いてから、

「やはり、こっちの標的は闇太郎だ。誰が闇太郎の雇い主かを探るしかない」

「わかりました」

　栄次郎が応じると、兄は口調を変えた。

「そなたに頼まれた件だ」

「はい」

　栄次郎は居住まいを正した。

「小普請組頭さまにお会いしてきた。組頭さまはやはりふたりに御番入りの話があったと言っていた」

「そうでしたか」

　館山新十郎の言うとおりだったのかと、栄次郎は少し落胆した。

「ただ、詳しくきだすと、妙なことがわかった」

　兄の目が鈍く光った。

「なんですか」

　栄次郎は思わず乗り出した。

「珍しく、お役にふたつの欠員が生じたそうだ。ひとつは御徒衆、もうひとつは御代官手付だ。そして、右田喬平は御徒衆に、館山新十郎は御代官手付にと決まりかけていた。ところが、右田喬平が不慮の死を遂げたために、館山新十郎が御徒衆に決まったそうだ」

「館山新十郎は最初の御代官手付ではなく御徒衆にですか」

「そうだ。御代官手付は江戸を離れなければならず、御代官手付の任務を終えたらまった小普請組に戻らねばならない。館山新十郎にとっては右田喬平が死んでくれてよかったということになろう。しかし」

　兄は一息つき、

「だからといって、館山新十郎が闇太郎を雇ったかどうかは疑問だ。そのままでも御代官手付になれたのだ。ただ、右田喬平が死んで、あの枠が空いたからそこに希望を変えたということかもしれぬ。それなのに、そこまで危険を冒すとは思えない。第一、殺し屋に支払う金とてばかにならないはずだ」

「そうですね」

　確かに、そのとおりかもしれない。

　やはり、館山新十郎は違うかもしれない。

「ただ、ちょっと気になることがある」

「なんでしょうか」

「小普請組頭さまの評判だ」

　兄は続けた。

「逢対日にやって来る小普請組の者に対していじめのような応対をするという評判だ。届け出の書き方がなっていないとか、そんな態度ではお役に就けぬと人前で罵倒したり……。しかし、それなりの金を用意した者には親切に接してくれるという評判だ」

「金？」

「付け届けだ。付け届けがあれば態度は変わる」

「そうですか。右田喬平と館山新十郎はどうだったのでしょうか。それなりの付け届けをしていたのでしょうか」

「わからぬ」

「念のために調べてみます」

「うむ。十分に気をつけてな。殺し屋を雇った者がのうのうとしているのだ」

「じつは、それが狙いなのです」

「なに？」

兄は目を剝いた。

「まさか、闇太郎を誘《おび》き出そうとしているわけじゃ……」

「はい。私が邪魔な存在になれば、また闇太郎を雇うと思ったのです」

「ばかな、危険だ」

「承知の上です」

「…………」

兄はため息をついた。

「真島さまを斬ったあとの闇太郎と出会ったのも何かの定めと思っています」

それだけでなく、剣客としてあの剣ともう一度交えたいのだ。


朝方はときおり小雪が舞い、凍てつくような寒さだったが、日中は陽射しがあって厳しい寒さからは解放された。

栄次郎は両国橋を渡り、南割下水にある右田喬平の屋敷を訪れた。

玄関に入り、この前と同じ、喬平の息子に案内され。まず仏間で線香を上げてから、喬平の妻女と向かい合った。

「つかぬことをお伺いいたしますが、右田さまは組頭さまに贈り物をしていたのでしょうか」

栄次郎は切り出した。

「……はい」

間があって、妻女が答えた。

「つまり、袖の下ですね」

「はい。組頭さまにそうしないとありつけないと、館山さまが教えてくれました」

「館山さまが教えてくれたのですか」

「はい」

「館山さまはもっと前から賄賂《わいろ》を贈り続けていたのでしょうか」

「そのようです」

「失礼ですが、右田さまはそのお金をどうやって工面されたのでしょうか」

「私の実家から借りました」

妻女の実家は麴町《こうじまち》で、父親は御先手与力《おさきてよりき》だという。

「その甲斐もあって、せっかく御番入りが叶うというときでしたのに……」

妻女は涙ぐんだ。

「館山さまはお金をどう工面したのでしょうか」

「さあ、館山さまのことはわかりません」

「館山さまは独り身で？」

「はい、三年前にご妻女どのはお亡くなりに」

「そうでしたか」

ふと思いついて、

「右田さまは館山さまのことをどう思っていらっしゃったのでしょうか」

「…………」

　妻女は押し黙った。

「何か」

「ひとりになって変わったと言ってました」

「変わった？　どのようにでしょうか」

「暮しが荒れて……。いかがわしい女を屋敷に連れ込んでいたようです。夫は何度も注意をしたそうです。さすがに、いかがわしい女を連れ込むことはやめたそうですが……」

「でも、それでも御番入りを望んでいたのですね」

「見栄の強いひとですから、それなりのお役に就きたいと思っていたようです」

「どうやって賄賂の金を用立てたのでしょうね」

「女のひとではないかと」

「女？」

「夫が眉をひそめていました。いい金づるを摑んだようだと」

「それが女なんですね、どこの女かわかりませんか」

「いえ」

妻女は首を横に振ってから、

「夫を殺した下手人《げしゅにん》は見つかりそうでしょうか」

と、きいた。

「必ず、見つけます。もうしばらくお待ちください」

栄次郎は妻女をなだめ、右田の屋敷をあとにした。

足は館山新十郎の屋敷に向かっていた。津軽越中守の下屋敷の角《かど》に来たとき、前方から歩いてくる新八と出会った。

「栄次郎さん」

新八も気がついて近寄って来た。

「館山新十郎は今、屋敷にいません。羽織を着て出かけましたから組頭のところかもしれません」

そう言ったあとで、

「だいぶわかりました」

と、新八は口にした。

「どこか場所を変えましょう」

そう言い、栄次郎は竪川《たてかわ》のほうに足を向けた。

小禄の武家屋敷が並ぶ一帯を抜けて、竪川までやって来た。川船が大川のほうに向かって行く。

「近所で聞き込んだところ、館山新十郎はかなり女癖が悪いそうです。三年前に妻女が亡くなっていますが、それ以前からあちこちの女にちょっかいをかけていたようです」

右田の妻女の言うとおりだ。

「小普請組に入れられたのも素行が悪かったからだそうです。それなのに、御番入りが信じられないと何人かが言ってました」

「組頭に賄賂を贈り続けたからかもしれません」

「賄賂ですか」

新八は顔をしかめた。

「館山どのはどんな女とつきあっているのでしょうか」

「いつも小金を持っているような後家《ごけ》か妾を狙っていたそうです。直参の矜持《きょうじ》なんてないと、仲間のお侍が言ってました」

「今、つきあっている女のひとがわかりますか」

「それが、御番入りが決まってからは女と手を切ったようです。身辺整理をしているようです」

「そうですか」

栄次郎は首を傾げた。

「何か」

「賄賂の金はたぶん女に出させていたんだと思います。そうだとしたら、御番入りと同時に女と別れるなんてあんまりだと思いましてね、それより、女のひとだって黙っていられないでしょう」

「そうですね。女のことを調べてみます。館山家の中間《ちゅうげん》なら知っているかもしれません。使い走りを頼まれることもあったでしょうから」

新八は目算がありそうに頷き、

「中間に確かめてきます。夕方までにお秋さんの家に行きます」

そう言い、新八は勇んで来た道を引き返して行った。

新八と別れ、栄次郎は回向院の脇から両国橋に向かう。見世物小屋や水茶屋などたくさんのひとで賑わっていた。

橋にかかったとき、射るような視線を背後に感じた。栄次郎はそのまま橋を渡る。

視線はついて来る。

橋の真ん中辺りで、栄次郎は立ち止まって振り返った。行き交うひとは多く、駕籠《かご》も通る。

視線の主はわからなかった。だが、ふとひと陰に隠れた男が目に入った。闇太郎かもしれないと思い、栄次郎は橋を戻った。

荷を背負った行商人、職人、武士などが歩いて来る。栄次郎は見回しながらすれ違う。この中に、視線の主がいるのか。しかし、見極めはつかなかった。

栄次郎は諦めて引き返した。

橋を渡り、両国広小路の人込みから逃れ、浅草御門にやって来たとき、岡っ引きの勘助に会った。

「これは矢内さま」

勘助が会釈をする。

「親分。その後、何かわかりましたか」

栄次郎はきいた。

「だめです。肝心の信州屋が何も語ろうとしないのです。真島又一郎とはすぐ別れたと言うばかりで」

勘助は顔をしかめた。

目の下の隈《くま》がさらに大きくなっているようだ。

「親分、お疲れのようですが」

栄次郎は心配した。

「ええ、三件の殺しが見通しもたたないので」

勘助が弱音を吐いた。

「親分の縄張り内で三件ですか」

「ええ」

「『平田屋』と真島又一郎さまの件以外にも何か」

それも闇太郎が関係しているのかと、栄次郎は気になった。

「米沢町《よねざわちょう》に住むひとり暮しの後家が殺されたのです」

「後家の傷は？」

「刀で斬られていました」

栄次郎はまさかと思いながらきいた。

「それはいつのことでしょうか」

「ふた月前です」

「ふた月……」

　右田喬平が斬られる前だ。

「下手人の目星は？」

「まだ、わかりません」

「金も奪われているのですか」

「ええ。死んだ亭主が残した金が百両少しあったようですが、盗まれてました」

「押込みですか」

「違うようです。外から侵入した形跡はありません。後家のところに通《かよ》っていた侍がいるようなので、その男を探したのですが、見つかりません」

「侍が通っていたのですか」

「ええ。その侍を探しているうちに、今度の一件ですからね」

「後家のところに通っていた侍の手掛かりはないのですか」

「ありません。近所の者が手拭いをかぶった侍が裏口から出入りをしていたと言ってましたが、顔は見ていないのです」

「浪人でしょうか」

「わかりません。着流しだったようです。誰にも気づかれないように忍んで通っていたようです」

館山新十郎の名が思わず出かかったが、証がないので思い止《とど》まった。

「後家はなんという名ですか」

「おくにです。では」

勘助は去って行った。

栄次郎は後家殺しを考えた。館山新十郎は小金を持っている後家や妾に近付いていったというのだ。

新十郎はその後家に金を出させ、それを組頭への賄賂に当てていたのではないか。

四

栄次郎はお秋の家に着いても、館山新十郎のことを考えていた。

後家のおくにの家に通っていたのは館山新十郎ではないか。新十郎はおくにを殺し、百両あまりを盗んだ。その金の一部が組頭への賄賂になって、新十郎は御番入りが決まった……。

昼過ぎに、三味線の稽古をしたが、いつしか思いは館山新十郎のことに向かった。

右田喬平は新十郎と後家との関係を気づいていたのではないか。

部屋の中が薄暗くなり、行灯《あんどん》に明かりが灯った頃に、新八がやって来た。

さっき別れたときの勢いは失せて、新八は気落ちしたように言った。

「中間にきいたのですが、ときたま女のところに通っていたそうですが、相手を知りませんでした」

「中間に気づかれないようにしていたのでしょう」

栄次郎は素直に応じた。

「一度、中間は新十郎のあとをつけたことがあるそうですが、両国橋で見つかってお小言をくらったそうです。それからは夜に出かけても放っておいたそうです。すみません、すぐわかると思ったのですが」

新八は頭を下げた。

「じつは新八さんと別れたあと、勘助親分に会いました。それで、親分から米沢町《よねざわちょう》に住む後家のおくにが斬られて、百両あまりを盗まれるという事件がふた月前にあったと聞きました」

「後家ですって」

新八は目を見開いた。

「おくにのところには侍が通っていたようです」

「それって、館山新十郎では……」

「ええ、館山新十郎が組頭へ贈っていた金はおくにから出ていたのかもしれません。だが、あるときからおくにはこれ以上金を出せないと拒んだ。そこで、新十郎は百両あまりを手に入れるために……」

栄次郎は想像を話し、

「調べていただけませんか」

と、頼んだ。

「わかりました。米沢町に住むおくにですね」

そう言い、新八は立ち上がった。

「もう行くのですか」

「ええ、じっとしていられません」

新八はそう言い、引き上げて行った。


その夜、崎田孫兵衛がやって来て、栄次郎は居間で向かい合った。

「崎田さま。十年前の闇太郎について教えていただきたいのですが」

「うむ」

「最後の闇太郎の仕事は口入れ屋『大黒屋』の主人笹五郎殺しでした。その他に、主立った殺しはどんなものがあるのか覚えていらっしゃいますか」

　孫兵衛は目を細め、

「わしがよく覚えているのは白河検校《しらかわけんぎょう》の件だ」

「白河検校？」

「うむ。若い頃から、旗本や御家人に座頭金《ざとうがね》を高利で貸し付け、法外な取り立てで悪評があった。屋敷に押しかけ、鉦《かね》や太鼓を鳴らし、連れて来た座頭に金返せと喚《わめ》かせる。上役のところにまで、あることないことを言いふらす。閉口した借り手はどんなことをしてでも金を返さないとならない。そうやって貯めた金で官位を買い、検校にまで上り詰めた男だ」

　孫兵衛は露骨に顔を歪め、

「検校になってからその横暴さはますますひどくなった。妾を何人も抱え、吉原で豪遊し、有名な料理屋で我が物顔に振舞う。そのことに注意をする者がいれば、盲人だからとばかにするのか、弱者を邪魔者扱いにするのかとまくしたてる。誰もがほとほと手を焼いていた」

「そんなだと、恨みを抱く者もいたでしょうね」

「そう。だから、白河検校は常に用心棒を連れていた。当時、江戸で三剣豪のひとりといわれていた神崎威一郎《かんざきいいちろう》という者だ。だから、誰も白河検校には手を出せなかった。暴漢が何人か検校を襲ったが、神崎威一郎に簡単に退《しりぞ》けられていた。それなのに」

孫兵衛は息継ぎをし、

「吉原の帰り、闇太郎に殺されたのだ」

と、呟くように言った。

「用心棒の神崎威一郎は？」

「最初に喉を斬られ、続けざまに検校も喉を斬られた。もちろん即死だった。供の者はなす術《すべ》もなく立ちすくんでいたそうだ」

「雇い主はわからなかったのですね」

「白河検校を恨んでいる者はたくさんいた。誰が闇太郎を雇っても不思議ではなかった。白河検校という大物の暗殺だ。かなりの額が闇太郎に渡ったはずだ。そのことを考えたら、ひとりではなく複数の者が金を出し合って雇ったとも考えられる」

「なるほど」

それが十分に考えられると、栄次郎は思った。

「世間的には白河検校が殺されたことの衝撃が走ったが、神崎威一郎が喉を斬られたことの驚きのほうが大きかった。江戸で最強と思われた剣客がいとも簡単に喉を斬られて殺されたのだからな」

確かに、雨中で対峙した闇太郎の腕は半端ではなかった。

「すると、白河検校の襲撃時には何人かの者が闇太郎を実際に見ているのですね」

「供《とも》は座頭が多かったので、見ていたのは駕籠かきだ」

孫兵衛は言ってから、

「あとは……」

「いえ、それだけで十分です」

十年前の事件のすべてを聞いても、手掛かりにはなりそうもなかった。どれも雇い主はわからなかったのだ。今起きた三件の殺しから闇太郎を探し出すしかない。

「崎田さま、ありがとうございました」

栄次郎は腰を上げた。

「呑んでいかぬのか」

孫兵衛が誘った。

「この件が片づかない限り、落ち着きません。その節にはゆっくりと」

「わかった」

孫兵衛も厳しい顔で頷いた。

「あら、お帰りですか」

お秋が残念そうに言う。

「ちょっと寄るところがあるので」

「そう」

お秋は細い眉を寄せて、

「近頃、栄次郎さん、とてもお忙しそうだけど」

と、きいた。

「ええ。だいじょうぶですよ」

心配するお秋に見送られて、栄次郎は外に出た。

冷気が身に沁みた。


浅草黒船町から蔵前《くらまえ》までやって来た。やはり、つけて来る。お秋の家を出たときからだ。闇太郎か、あるいは仲介人か。

栄次郎は鳥越橋《とりごえばし》を渡ったあと、天王町《てんのうちょう》の角を右に曲がった。町並みを抜けると、武家地になった。

大名屋敷の角を左に曲がると、すぐ突き当たりを右に曲がる。七曲がりと呼ばれる場所で何度も角を曲がって向柳原に出た。

角を曲がるたびに背後を気にしたが、尾行者の姿は見えなかった。諦めたのか。しかし、神田川に向かっていると、再び背後にひとの気配を感じた。

新シ橋《あたらしばし》を渡ったあと、栄次郎は素早く草むらの中に身をひそめた。

やがて、ひとが橋を渡って来る気配がした。が、途中で動きが止まった。栄次郎はそっと首を伸ばす。

橋の袂《たもと》に人影が見える。編笠をかぶった侍だ。闇太郎か。しかし、黒い影は動こうとしない。なぜ、動かないのか。

なら、こっちから行くと、栄次郎は飛び出した。すると、黒い影は踵を返した。栄次郎が橋を渡り切ったときには、黒い影は神田川上流の暗闇に消えていた。

なぜ、襲ってこないのだと、栄次郎は困惑した。

しばらく編笠の侍が消えた方角を見つめていたが、すでに遠くに去ったようで、栄次郎は諦めて再び橋を渡った。

柳原通りから豊島町に入り、伝蔵の家に向かう路地を曲がった。雨戸の閉まった豆腐屋の前をすぎ、武家屋敷の塀の手前にある伝蔵の家に着いた。

戸を開けると、行灯は灯っていたが。伝蔵の姿はなかった。

「ごめんください」

栄次郎は声をかけた。

すぐ奥からおそのが出て来た。

「まあ、矢内さま」

おそのは上がり框《かまち》までやって来た。

「伝蔵さんは？」

「それがまだ帰っていないのです」

「…………」

「最近、夜出かけることが多くて」

おそのは眉根を寄せた。

「帰りは遅いのですか」

「いえ、五つ半（午後九時）までには帰って来ます。もう、そろそろ戻って来ると思いますが」

おそのは心配そうに言う。

「うちのひとは何をしているのでしょうか。何か調べものがあると言ってましたが、危ないことでは……」

「そんな心配なさるようなことではありませんよ」

栄次郎がなぐさめたとき、戸が開いて、伝蔵が顔を出した。

「矢内さま」

伝蔵が声を発した。

「すみません。夜分にお邪魔をして」

「いえ」

伝蔵は首を横に振る。

「おまえさん、お帰り」

「ああ。すまねえが、矢内さまにお茶を差し上げてくれないか」

伝蔵は板敷きの間に上がって言う。

「はい」

おそのは立ち上がって奥に向かった。

「あっしも矢内さまにお伝えしようと思っていたことがあるんです」

伝蔵は声をひそめて言った。

「何かわかったのですか」

「番頭の徳之助に世話をしている女がおります」

「女？」

「ええ、徳之助は独り身ですから妾とは言わないのでしょうが、妾のような感じです。深川《ふかがわ》の芸者だった女です」

音がしたので、伝蔵は声を止めた。

おそのが茶をいれてもって来た。

「すみません」

栄次郎は上がり框に腰を下ろし、湯呑みを摑んだ。

「伝蔵さんはいつから仏像を彫るようになったのですか」

栄次郎は世間話のようにきいた。

「二十年ぐらい前からです。道楽で彫ったものが、あるお方の目にとまり、買ってくださいましてね。それから、本格的にやりはじめました」

おそのの耳を気にしての話題だった。

茶を飲み干してから、

「すみません。夜分に」

栄次郎は立ち上がった。

「矢内さま、うちのひとに何か用がおありだったのでは？　なんなら私は向こうに行っていますが」

「いえ、仏像を造ってもらえるかお訊ねしたかったのです。私の兄が欲しがりましてね」

栄次郎は口実を言ったが、ほんとうに造ってもらうのもいいと思った。

「伝蔵さん。どうか手のすいたときでも構いません。お願い出来ますか」

「もちろんです」

伝蔵が応じる。

「では、これで」

栄次郎は会釈をして戸口に向かった。

翌日の昼前、伝蔵がお秋の家にやって来た。

二階の部屋で差向いになる。

「昨夜の話ですが、番頭の徳之助は今は橋場町《はしばちょう》に女を住まわせていますが、以前は久《ひさ》松町《まつちょう》に家を構えていました」

「久松町？　そんな近くに女を？」

「徳之助は高砂町《たかさごちょう》の長屋から店に通っていました。だから、浜町堀《はまちょうぼり》をはさんだ向かいの久松町に住まわせたのでしょう」

伝蔵は続ける。

「ところが、旦那の伊右衛門が女に気づいたようで、一悶着あったようです」

「一悶着ですか。でも、お店の者はそのようなことは口にしていなかったようですが」

「ええ。騒ぎは久松町の女の家であったそうです。徳之助が女の家にいるところに伊右衛門が乗り込んだということです」

「それで、伊右衛門さんが怒って、壻の話をなしに？」

「女と縁を切ることで話はついたのではないかと思います。徳之助は別れると約束しておきながら橋場に移しただけでした。そのことに気づいて、伊右衛門は許せないと」

「それで、徳之助は伊右衛門を殺そうとしたのですね」

「そうだと、あっしは睨んでいます」

伝蔵は言い切ってから、

「ただ、徳之助がどういう手蔓《てづる》で闇太郎と繫がったのかがわかりません。いずれにしろ、闇太郎を雇ったという証がないと、徳之助の罪を明らかに出来ません」

　と、悔しそうに言う。

「そうですね」

　栄次郎は考えながら、

「女のことを『平田屋』の者に言いふらすと徳之助を脅《おど》して、闇太郎との繫ぎをとる方法を喋らせることも無理でしょうね。闇太郎に頼んだことが明らかになれば徳之助は破滅ですからね」

　と、口にした。

「残念です」

　伝蔵は拳を握りしめたが、

「矢内さま」

　と、思い詰めた目を向け、

「徳之助のような男を『平田屋』の壻にするわけにはいきません。徳之助に女がいることを娘さんに知らせますか」

「いや。知らせても、徳之助は口がうまいようですから、女とはとっくに別れたと言い繕《つくろ》うでしょう。壻になるのは旦那の決めたことだからと、強引に娘を屈服させるに違いありません」

「そうですね」

伝蔵はため息をつき、

「やはり伊右衛門殺しの証をみつけないとだめですか」

「それしか手立てはないでしょう」

「密かに殺し屋を雇うことが出来たら、自分に都合の悪い者はどんどん排除出来てしまいますね」

伝蔵は憤然と言う。

「いや……」

栄次郎は伝蔵の言葉からはっと思いついた。

「徳之助を脅せば、また同じ手を使うかもしれません」

「同じ手?」

「ええ、闇太郎に私を襲わせる」

「……」

伝蔵は目を剝いた。

「それしか手はありません」

「危険です」

「じつは私は最初からこれしか手はないと思っていたのです。好機かもしれません」

「…………」

「伝蔵さん、女の家を教えていただけますか。徳之助が女の家にいるときに乗り込んでみます」

「ご案内いたします。三日に一度、女のところに行っていますから、おそらく。明日の夜は行くと思います」

「わかりました。あとは私に任せてください」

「へい」

「それにしても、徳之助に女がいたことを、よく調べ出しましたね」

栄次郎は讃《たた》えた。

「ええ。番頭の徳之助を見たとき、なんか女の匂いがしたんです。女好きの感じというか。それで、夕方に『平田屋』の前を見張り、出かける徳之助のあとをつけて橋場の家を見つけたのです。近所で聞いたら、二か月ぐらい前から住んでいると。それで、その女の家に住み込みでいる婆さんにきいたら、それまでは浜町堀にいたと。それで、その付近を探したら久松町にいたことがわかりました」

伝蔵の話を聞きながら、よくそこまで調べたものだと改めて感心した。同心や岡っ引きも出来ないことを伝蔵はやってのけた。

「女の家は橋場のどこですか」

栄次郎は気負い込んで言う。

「これからご案内します」

「お願いします」

栄次郎と伝蔵は同時に立ち上がった。


黒船町から橋場町まで近いといっても、そこそこの道程だ。伝蔵は四十半ばという歳のわりには足が達者だった。

花川戸《はなかわど》を過ぎ、山谷堀《さんやぼり》を越えて今戸町《いまどちょう》に入り、大川沿いの道を橋場までやって来た。

女の家は橋場の渡し場を過ぎ、真崎稲荷《まさきいなり》に近い場所にあった。

「あそこです」

伝蔵が指さした。

黒板塀に囲われた瀟洒《しょうしゃ》な二階家だ。贅沢《ぜいたく》な造りのようだ。

「番頭なのに、よくこんな家を造れたものです」

栄次郎は呆れたように言ったあとで、

「番頭にどれほどの実入りがあったかどうかわかりませんが、これだけの家を手に入れたのですから、そこそこの貯えがあったのでしょうか」

栄次郎は疑問を口にした。

「確かに、女の手当てだけでもかなり入り用でしょうからね。久松町の女のところはそこそこの家でしたが、こっちのほうがはるかに豪勢です」

「もしや……」

栄次郎はふとあることを考えた。

「徳之助は店の金を使い込んでいるのでは……。伊右衛門を殺したのも、そのことに気づかれそうになったからかもしれません」

「では、殺し屋に払った金もくすねた金……」

伝蔵は呆れたように言う。

「あっ。女が出て来ました」
二十三、四歳の富士額《ふじびたい》の首の長い色っぽい女が出て来た。
駒下駄《こまげた》を鳴らしながら目の前を横切って行く。栄次郎はあとをつけた。

女は真崎稲荷の鳥居を潜《くぐ》り、境内に入った。栄次郎たちも従う。

女はまっすぐ社殿に向かって行く。ただのお参りのようだった。女は拝殿で手を合わせてからそのまま引き返した。

それから、途中、町中にある小間物屋に寄って買い物をしてから自分の家に帰った。

「ずいぶん優雅な暮しのようですが、徳之助から金が出ているとしたら、かなりの額でしょうね。番頭の実入りでは追いつかない」

やはり、店の金を使い込んでいたのではないかと疑わせるに十分だった。

「引き上げましょう。明日、出直します」

栄次郎は伝蔵の顔を見つめ、

「おかみさんが心配しています。あとは私に任せてください」

「はい。お願いいたします。殺し屋の正体がわかったら教えてください」

伝蔵は真剣な眼差しを向けて訴えた。

「もちろんです。徳之助の秘密を嗅ぎ出したのは伝蔵さんのお手柄ですから」

「ありがとうございます」

伝蔵は頭を下げた。

伝蔵のなみなみならぬ熱意に、栄次郎は圧倒されるほどだった。

五

その日の昼過ぎ、栄次郎は本石町の『平田屋』にやって来た。

番頭の徳之助を見つけ、声をかける。

「番頭さん」

徳之助は振り返った。

「おや、確か、矢内さま」

「はい。矢内栄次郎です。すみません、おまちさんにお会いしたいのですが、呼んでいただけないでしょうか」

「どのような御用でしょうか。私が代わりに承《うけたまわ》っておきましょう」

「いえ、大事な話です。直《じか》にお話をしたいので、どうぞお取り次ぎください」

「じつはさっき外出されました。いつ戻るか、わかりません」

「どちらに？」

「失礼でございますが、うちうちのことでございますので」

徳之助はおまちと会わせたくないようだ。

「そうですか」

栄次郎は迷ったように、

「それではお言づけを願いましょうか」

「どうぞ」

「いえ、やっぱりご本人に直にお会いしてからにします」

「どんなことでしょうか」

「また、明日にでも出直します」

「そうですか」

徳之助の目が鈍く光った。

栄次郎は店を出た。徳之助の視線がずっと背中に当たっていた。


夕方になって、栄次郎はお秋の家から新八とともに橋場に向かった。徳之助の女の家を見通せる場所に立っていた。陽が落ちて、さらに冷え込んできた。

「駕籠が来ました」

新八が言った。

駕籠は女の家のだいぶ手前で止まり、徳之助が下りた。駕籠かきに行先を知られたくないのだろう。

徳之助はすたすた歩き、女の家の門を入った。

四半刻（三十分）ほど待って庭に忍び込んだ。雨戸が閉まっていて中の様子はわからない。

新八は松の木をよじ登り、二階の窓から部屋の中に消えた。栄次郎は植え込みの中で、待った。

しばらくして、雨戸が開いた。新八が開けたのだ。

栄次郎が縁側に近付く。

「ふたりは寝間に入りました」

新八が言う。

頷き、栄次郎は縁側に上がった。

新八について、暗い部屋に入る。隣の部屋の襖の前で、新八が立ち止まった。聞き耳を立てると、微かに乱れた息づかいが聞こえてきた。

栄次郎は静かに襖を開けた。ふとんの上で、裸のふたりが重なっていた。新八が行灯にかけられた赤い襦袢《じゅばん》をはずした。

仄《ほの》かな明かりが闇に広がった。

徳之助と女の動きが止まった。そしき、いきなり徳之助が跳ね起きた。

「誰だ？」

「番頭さん、私だ」

栄次郎は行灯の明かりの中に入った。

「あっ、おまえは……」

「矢内栄次郎です。まさか、『平田屋』に壻に入ろうというおひとに女がいようとは、誰も想像していますまい」

女は着物を抱え、部屋の隅に逃げた。

「押込みか」

徳之助の声が震えた。

「そんなんじゃありません。番頭さんと取り引きをしようと思いましてね」

「取り引きだと」

「ええ。このことをおまちさんに黙っています。その代わり、五十両を都合つけていただけませんか」

「ばかな」

徳之助が吐き捨て、

「そんな脅しに屈する私ではない。岡っ引きに訴える」

「そうなると、伊右衛門殺しの疑いを受けることになりますよ」

「私が殺したという証はない」

徳之助は強気に出る。

「そうでしょうか」

「…………」

「証はこの家ですよ」

「なに？」

「この家、いくらで手に入れたのですか。そんなお金、持っていたのですか」

「おまえさんには関係ないことだ」

「じつは今日の昼間、おまちさんに会いに行ったのはお店の金を調べたほうがいいと忠告しようとしたのです」

「何を言うか」

徳之助がうろたえた。

「番頭さん。お店の金を使い込んでいたのではありませんか」

「出鱈目《でたらめ》言うな」

「そのことを伊右衛門さんは気づいたのです。それで、番頭さんを問い詰めた。あなたは調べることを約束して、その場の難を逃れたあと、闇太郎という殺し屋に伊右衛門を殺すように依頼をしたのです」

「違う」

徳之助の声は弱々しい。

「どうやって、あなたは闇太郎に近付くことが出来たのですか」

「何のことかわからぬ」

「まあ、いいでしょう。ともかく、五日待ちましょう。それまでに五十両を用立ててください。拒むなら、今のことを奉行所とおまちさんに知らせます」

「…………」

徳之助からすぐに返事がない。

五日の期限を設けたのは、闇太郎との繫ぎをとるための余裕を与えたのだ。

「どうなんですか」

栄次郎は迫った。

徳之助は憎々しげな目つきで睨んでいる。

「わかりました。では、これからまず『平田屋』に行き、それから八丁堀に行きます。

邪魔をしました」

　栄次郎は引き上げた。

「待て」

　徳之助が呼び止めた。

「金が出来たら知らせる」

「期限は五日です」

　栄次郎は念を押して、女の家を出た。

「徳之助は闇太郎に繋ぎをとるでしょうか」

「とるはずです。私を始末するしか自分が助かる道はありませんから」

「もし、ほんとうに五十両を用意したらどうしますか」

「五十両を渡すことは闇太郎との関係を認めたと同じです。そこで問い質《ただ》せば、闇太郎との繋ぎの方法を答えてくれるかもしれません。そこに期待します」

「栄次郎さん。館山新十郎の件ですが」

　新八が切り出した。大川からの冷たい風をまともに受けながらふたりは歩いていた。

「後家のおくにと仲のよい商家の内儀から話を聞くことが出来ました。おくには小普請の侍と親しくしていると話していたそうです。残念ながら、名前は口にしていません。ただ、小普請の侍なら館山新十郎しかいないと思いますが」

「証がなく、相手が直参だと、奉行所も手を出しにくいでしょう」

栄次郎は冷静に考えた。

「また、兄に頼んでみます。組頭さまはちょっと答えづらいと思いますが、ひとが殺されていますので」

花川戸を抜けると、雷門《かみなりもん》前を通り、稲荷町から上野山下《やました》を経て、湯島の切通しまでやって来て、栄次郎は新八と別れた。


切通しを上り、加賀前田《かがまえだ》家の脇を過ぎて本郷の屋敷に帰って来た。

兄は珍しくすでに帰っていた。

栄次郎は兄の部屋に行った。

「真島さまの件で何か進展はございましたか」

栄次郎はきいた。

「組頭さまに確かめてもらったが、老中も若年寄も又一郎に内命を授《さず》けたことはないそうだ」

「組頭さまも知らないのですから、やはり、真島さまは自分独自で調べている段階だったということですね」

「おそらく、信州屋の訴えを聞いて、又一郎は密かに作事奉行のことを調べだしたのであろう」

「あの夜、信州屋から核心に触れるような何かを聞いたのに違いない。だが、信州屋が口をつぐんでしまったから何も聞き出せない」

「信州屋は何者かに脅されたのでしょうが、誰からいつ脅しを受けたのでしょうか」

「又一郎が殺された翌日であろう」

「何者かが『信州屋』を訪れたのだとしたら、番頭にきいてみれば誰が来たかわかりましょうか」

　栄次郎が言う。

「そこは調べた。誰も訪れていない」

「ほんとうですか」

「うむ。ただ、信州屋は又一郎の屋敷に弔問に行っている。又一郎の亡骸《なきがら》を見て、信州屋は恐れをなしたのかもしれない」

「でも、弔問にはいろいろなお方が訪れていたのでしょうね。そこで顔を会わせたお方が遠回しに信州屋に警告をしたのかもしれません」

栄次郎は真島又一郎の屋敷に弔問に訪れた客の中に、脅しをかけた者がいるような気がした。

「どなたが弔問に訪れたのか、真島さまの妻女か用人どのかに確かめてみてはいかがでしょうか」

「そうよな。よし、調べてみよう」

「それから、兄上。本所の小普請組の直参が殺された件で、ちょっと気になることが耳に入りました」

「気になること?」

「はい、ふた月ほど前、米沢町に住むおくにという後家が斬殺され、百両あまりが盗まれていました。一方、館山新十郎は小金を持っている後家と親しくしていて、女からもらった金を組頭さまへの付け届けにしていたようなんです」

兄の目が鈍く光った。

「ただ、館山新十郎とおくにの関係を裏付けるものがありません。おそらく、館山新十郎はおくにを殺して盗んだ金の大半を組頭さまへの付け届けに使ったのではないかと思われます。組頭さまにいくら渡ったのか、その額がわかれば……」

「組頭さまが賄賂をもらったとは言うまい」

「もし、館山新十郎が後家殺しで捕まったら、組頭さまが嘘をついていたことがわかってしまうと言えば、組頭さまとて……」

「念のために調べてみよう」

兄は請け合った。

挨拶して引き上げようとして、栄次郎は思い出してきいた。

「兄上、近頃、お美津さまとは？」

「又一郎の一件以来、お会いする暇がないのだ」

「それはいけません。たまには事件を忘れ、お会いに行ったほうがよろしいのでは。お会いして気分が晴れれば、お仕事のほうにもよい影響があると思います」

「そうだな」

兄がはじめて表情を綻《ほころ》ばせた。

「では」

栄次郎は自分の部屋に戻った。

兄にはあのように言ったが、自分も近頃三味線の稽古が疎《おろそ》かになっていることに気づき、忸怩《じくじ》たる思いにかられた。

第三章　梅の木

一

橋場の妾の家で徳之助と会って三日後、お秋の家に徳之助から使いが来た。

文には「今夜五つ（午後八時）、橋場の家で」と記されていた。

もっと関係ない場所に誘《おび》き出すと思っていたので、橋場の家というのは意外だった。

承知したと答えて使いを返したあと、栄次郎は外出の支度をした。

刀を持って階下に行くと、お秋が出て来て、

「お帰りですか」

と、きいた。

「また、戻って来ます」

そう言い、栄次郎が土間に下りたとき、戸障子が開いて男がふたり入って来た。

岡っ引きの勘助と手下だ。

「矢内さま、お出かけですか」

勘助がきいた。

「いいえ、勘助親分に会いに行くところだったのです。ちょうど、よかった」

「そうですかえ」

「さあ、どうぞ、お上がりください」

栄次郎はふたりを二階の部屋に案内した。

向かい合ってから、

「まず、親分の用件から」

と、栄次郎は促した。

「後家のところに通っていた侍がわかったのです」

「わかった？　誰ですか」

「右田喬平です」

「右田喬平？」

栄次郎は耳を疑った。

「ええ、先日、喉を斬られて死んだ侍です」

「待ってください。右田喬平ではありません。何かの間違いです」

栄次郎は訴えた。

「それより、どうして右田喬平だと思ったのですか」

「垂れ込みです」

「垂れ込み?」

「あっしの家に投げ文があったんです。これです」

勘助は懐から紙切れを出した。栄次郎は受け取って開いた。

殴り書きしたような字で、おくにを殺して金を盗んだのは小普請組の右田喬平で、おくにに近しい者が殺し屋を雇って右田喬平を殺したと記されていた。

「これは偽りです」

栄次郎は言い切った。

「矢内さまはそう思いますか」

「ええ。右田さまはそのようなお方ではありません。それより、なぜ今頃、この文の主はこんな告白をするのでしょうか。へたをすれば、自分の身に探索の手が伸びるかもしれないではありませんか」

「じつは、うちの旦那も半信半疑でしてね。それで、矢内さまのご意見を伺いに来たのです」

「おくにに近しい者で、怪しい人物はいたのですか」

「いえ、見つかりませんでした」

「この文を書いた者は？」

「わかりません」

「そうですか。やはり、嘘ですよ。おそらく、この文の主こそ、おくにを殺した下手人で、そのことを右田さまに知られたので、闇太郎に殺させたのです」

「ひょっとして、矢内さまには心当たりが？」

「じつは、確たる証《あかし》がないので親分にも話せなかったのですが、館山新十郎という小普請組の直参がいます。右田さまの友人でした」

　ふたりに御番入りの話がまとまったが、右田喬平に決まった御徒衆の役に館山新十郎が代わって就くことになったという話をした。

　そして、自分の兄である御徒目付の手下で新八という男が館山新十郎を調べていて、後家とつきあっていることを突き止めてきたと告げた。

「おそらく、自分に探索が迫っていることに焦り、このような投げ文をしたのではないでしょうか」

　栄次郎は想像を述べた。

「館山新十郎ですね。徹底的に調べてみます」

　勘助は言ってから、

「矢内さまのお話をお聞かせください」

　と、促す。

「私のほうは『平田屋』の伊右衛門殺しです。親分のほうに何か進展はありましたか」

　栄次郎が確かめる。

「いえ。商売仇《がたき》など調べてみたのですが……」

「じつは、番頭の徳之助に世話をしている女がいることがわかりました」

「女？　『平田屋』の婿《むこ》になる男に女がいたのですか」

「そうです。深川の芸者だったそうです。今、その女は橋場に家を構えて住んでいます。徳之助は独り身ですから妾《めかけ》ではありませんが、徳之助は最初からおまちさんの婿になるつもりでいたのですから、妾と変わりありません」

「あの番頭に女が……。にやけた野郎だと思ってましたが」

「これは証があるわけではありませんが、女を養うために店の金をくすねていたのではないかと想像しています。それを、伊右衛門に感づかれたのではないでしょうか。このままでは壻入りの話がだめになるどころか、『平田屋』から追い出される。それで、伊右衛門を殺そうとした……」

「証はないんですか」

勘助は悔しそうに言う。

「ありません。じつは、そこで、私は徳之助に罠《わな》をかけました」

「罠？」

勘助は不思議そうな顔をした。

「徳之助を脅迫しました。五日以内に五十両を用立てないと、女のことや使い込みを訴えると」

「なぜ、そんなことを？」

「闇太郎を誘き出すためです。徳之助はもう一度、闇太郎に私を殺《や》るように依頼するかもしれません。それを狙ったのです」

「危険じゃありませんか」

「ええ」

栄次郎は間を置き、

「すると、さっき徳之助の使いがやって来て、今夜五つに橋場の家と言ってきました」

と、口にした。

「今夜ですか」

勘助は息張《いきば》った。

「橋場の家というのが気になります。闇太郎がそこで待ち伏せているのか。あるいはほんとうに口止めの五十両を渡すつもりなのか。いずれにしろ、親分に今夜、女の家の周辺で待機していていただきたいのです。木戸さまにもこのことを」

「手配します。場所は橋場のどの辺りですか」

「真崎稲荷の近くです。闇太郎が待ち伏せているかもしれません。そのつもりで」

「承知しました」

勘助が引き上げたあと、栄次郎は刀の目釘を確かめた。


その夜、五つ前に栄次郎は橋場の女の家に着いた。周辺の暗がりに捕り方の姿があった。それを確かめて栄次郎は小さな門を入り、格子戸に手をかけた。戸は簡単に開いた。

「ごめん」

土間に入って、栄次郎は声をかけた。

待っていたように、徳之助が出て来た。

「どうぞ」

「失礼する」

腰から刀を外して、栄次郎は部屋に上がった。

居間に行くと、女もいた。が、他にひとがいるような気配はなかった。栄次郎は警戒しながらふたりと向き合った。

「矢内さま。お約束のものを用意しました。ただし、お断りをしておきますが、あなたの仰ることを認めたからではありません。よけいなことを言われて、周囲から誤解されることを避けたいからです」

「これは異なことを。お店の金をくすね、あげく主人を殺したことを否定するなら、金を払わずともよいはず」

栄次郎は反論する。

「ですから、よけいな誤解で混乱しては……」

徳之助はあくまでもしらを切る。

つと、女が立ち上がって奥に行った。

「あくまでも闇太郎に主人殺しを依頼したことを否定するのですか」

「もちろんです」

そう言い、徳之助は膝の前に袱紗に包んだものを置いた。

「そうですか。それなら、これは受け取るわけにはいきません。私はあなたの秘密を守る代償に金をもらおうとしたのですから」

栄次郎はわざと突っぱねた。

そのとき、ひとの気配がした。黒い布で顔を覆った侍が三人現れた。浪人のようだ。

「矢内さま。押込みのようですよ」

徳之助が冷笑を浮かべた。

「なるほど、私をここで殺し、押込みに襲われたことにするという寸法か」

栄次郎は立ち上がり、刀を腰に差した。

部屋から出て行こうとする徳之助に、

「なぜ、闇太郎を使わなかったのだ」

と、声をかけた。

しかし、徳之助は答えず、奥に消えた。

三人の侍が素早く栄次郎を囲んだ。

「そなたたちは金で雇われたのか」

栄次郎がきくと、長身の侍が抜き打ちに剣を横に払った。栄次郎は後ろに退《の》いて避ける。続けざま、剣を振ってきた。

栄次郎は横に飛び、隣の六畳間に移った。他のふたりが追って来て、ひとりが剣を突いた。栄次郎は身を翻《ひるがえ》し、攻撃をかわす。

三人目の侍が正眼に構えて迫る。低い天井で、上段から斬り込めない。相手は八相に構え直した。

栄次郎は自然体で立ち、相手を待つ。相手が踏み込んで来た。栄次郎は腰を落とし、刀の柄《つか》に手をかけて剣を抜いた。

迫って来た剣を弾くと大きく宙を飛んで畳に突き刺さった。栄次郎は素早く刀を鞘に納める。

「居合か」

ひとりが吐き捨てる。

「部屋の中では十分に剣を振るえないであろう。庭に出ようか」

栄次郎は三人に言う。

「よし」

ひとりが叫ぶと、もうひとりが障子を開け、雨戸を蹴って倒して庭に出た。三人とも庭に出てから、栄次郎も縁側から飛び降りた。

三人は待ち構えていた。

「ここなら後《おく》れはとらぬ」

「今度は剣を弾くだけではすまぬ。覚悟してかかってまいれ」

「なにを」

そう言い、ひとりが上段から突進して来た。栄次郎は十分に腰を落とし、一歩踏み出して抜刀した。

相手の剣を弾き、さらに二の腕に切っ先を向けた。相手は剣を手放し、二の腕を押さえて後退《あとずさ》った。

「腕を斬り落とすに忍びがたかった。だが、温情もここまでだ。そちらのふたりには容赦はせぬ」

「おのれ」

ひとりが斬りつけてきた。

栄次郎は峰を返し、相手の刃をかいくぐって脇をすり抜けるとき、脾腹《ひばら》を打ちつけた。

うぐっと妙なうめき声を上げて、侍はうずくまった。

最後のひとりに向かい、

「どうするか」

と、栄次郎はきいた。

相手は剣を構えたが、攻撃する気力は萎えているようだった。

「そなたたち、ほんとうの押込みか。それとも、徳之助に金で雇われたのか」

栄次郎は詰め寄った。

「押込みなら罪は重い」

栄次郎が言うと、相手が重い口を開いた。

「頼まれた。押込みの振りをしてそなたを斬れと」

「そうか」

そのとき、表のほうが騒々しくなった。同心の木戸松次郎と岡っ引きの勘助を先頭に捕り方が駆け込んで来た。

「この者たちは、徳之助に雇われたそうです」

栄次郎はふたりに言い、

「徳之助と女は中にいます」

と、家を指さした。

「よし」

勘助と手下がすぐに縁側に駆け上がった。松次郎が三人の侍を問い詰める。三人の顔を隠していた布は剝がれていた。

「なぜ、ここにやって来たのだ?」

「『平田屋』の番頭に頼まれた。押込みに見せ掛けて矢内栄次郎を殺《や》れと」

「そのことに相違ないか」

松次郎はほかのふたりにも確かめた。

やがて、勘助が徳之助と女を連れて戻って来た。

「私は何も知りません」

庭に引きずり出された徳之助は往生際《おうじょうぎわ》が悪い。

「なぜ、矢内どのを殺そうとした?」

「知りません」

「この者たちはそなたに頼まれたと言っている」

「何かの間違いです」

徳之助は声を震わせている。

「まあ、いい。大番屋でじっくり話を聞こう」

松次郎が言う。

「ちょっと、お待ちください」

栄次郎は声をかけ、徳之助の前に立った。

「なぜ、この連中を雇ったのですか。闇太郎に依頼をしなかったのはどうしてですか」

「…………」

徳之助は顔をしかめたまま口を閉じている。

「矢内どの。そのこともあとでじっくりきき出します」

松次郎が言い、徳之助と女を大番屋に連れて行った。なぜ、闇太郎に頼まなかったのか、そのことを考えながら徳之助の背中を見送っていた。

二

翌朝、栄次郎は南茅場町《みなみかやばちょう》にある大番屋に行った。

松次郎と勘助が上がり框に腰を下ろし、茶を呑んでいた。徳之助は奥の仮牢だ。

勘助が立ち上がって、

「徳之助は認めました」

と、伝えた。

「よく認めましたね」

もっと粘るかと思ったが、案外と早く落ちた。

「女がべらべら喋ったんですよ。共犯だと思われたくないからでしょう。そんな女の態度に、徳之助も絶望したようです」

「そうですか。で、闇太郎のことは？」

「それがはっきりしないんです」

「はっきりしない？」

「祈禱師《きとうし》に声をかけられたと言っています」

松次郎が立ち上がって来た。

「祈禱師？」

「町を歩いているときに、祈禱師に呼び止められたと。そこで、今の苦境を救ってやると話を持ちかけてきたそうです」

「祈禱師のほうから声をかけてきたというのですか」

「ええ」

「すみません。私に問いかけさせていただけませんか」

「いいでしょう」

松次郎は小者に命じ、仮牢から連れて来させた。

莚《むしろ》の上に座った徳之助はたった一晩で別人のような形相になっていた。頰はこけ、目の下に隈《くま》が出来、顔色も悪い。

「徳之助さん」

栄次郎が呼びかけると、徳之助は虚《うつ》ろな目を向けた。

「闇太郎のことを教えてください。祈禱師に呼び止められて、闇太郎を知ったということに間違いはありませんか」

「そうです」

徳之助は素直に答える。

「どこで声をかけられたのですか」

「夜、お店から長屋に帰る途中です。ふいに柳の陰の暗がりから白装束の男が現れて、声をかけてきたんです。山伏《やまぶし》のような姿でした」

「いくつぐらいの男ですか」

「暗かったのですが、顔にたくさんの皺が浮かんでいるのがわかりました。四十は過ぎているかと」

「祈禱師だと名乗って声をかけてきたのですか」

「そうです」

「悩んでいることがあるのではないかと言ってきたのですか」

「いえ、見抜いていました」

「見抜いていた?」

「ええ。私が旦那から疑われていることを知っていました。その上で、闇太郎という殺し屋に仕事を依頼出来るからと」

「女のことも、あなたが壻に入ることも知っていたのですか」

「知っているようでした。伊右衛門を始末しない限り、おまえさんに明日はないと言ってました」

「いくらで？」

「最初は三十両と言われましたが、最後は十両で」

「十両……」

ひとひとりの命を奪うのに十両とはずいぶん安いように思えた。

「で、十両で頼んだのですか」

「いえ。曖昧な返事をしただけですが、数日後に旦那が殺されました。だから、驚きました。ほんとうに殺ったのだと思って」

「金を払わないうちに？」

「そうです」

「で、金は？」

「しばらくして、その祈禱師が現れました。そのとき、渡しました」

「その祈禱師に連絡する手立ては？」

「湯島天神の境内にある梅の木に連絡先を書いた紙を結んでおくのです。すると、翌日か翌々日に祈禱師が現れます」

「あなたは浪人者を雇いましたが、なぜ、もう一度、祈禱師に頼もうとしなかったのですか」

「梅の木に紙を結んだんですが、祈禱師は現れなかったんです」

「現れなかった？　なぜでしょうか」

「さあ」

「その紙を祈禱師は見たのでしょうか」

「あとで見に行ったら、枝に紙はありませんでした。関係ない者が持って行ってしまったとも考えられますが」

「その他に、何か気づいたことはありませんか」

「いえ」

徳之助は首を横に振った。

「わかりました」

栄次郎は礼を言って立ち上がった。

松次郎が小者に仮牢に連れて行くように命じた。

「どう出ましょうか」

松次郎がきいた。

「梅の木が見える場所で待ち構えていれば、枝に結びつけた紙をとりに来るはずです。

ただ、いつ来るかわかりませんが」

　栄次郎は進言する。

「それなら、いっそ偽りの住まいを記した紙を結んで誘き出しましょうか」

　松次郎が思いついて言う。

「祈禱師は紙に書かれた当人のことを調べるために近付いて来ます。祈禱師を信じ込ませることが出来たらしめたものですが」

　栄次郎は松次郎の考えを受け入れ、

「どのようなものにするかは木戸さまにお任せいたします」

「わかりました」

　松次郎は頷《うなず》いて、

「きょうはこのあと、『平田屋』のおまちや手代などを呼んで事情をきき、証を固めしだい入牢証文をとります。うまくいけば、夕方までには牢送りに持っていけるでしょう」

「そうですか。私は館山新十郎に揺さぶりをかけてみようと思います」

　そう言い、栄次郎は軽く頭を下げて戸口に向かった。

栄次郎は大番屋を出て、神田豊島町の伝蔵の家を訪れた。

伝蔵は一心に木像を彫っていたが、栄次郎に気づくと、顔を上げた。

「矢内さま」

伝蔵は立ち上がり、膝の木屑《きくず》を払って上がり框までやって来た。

「おかみさんは？」

栄次郎は小声できいた。

「今、使いに行ってもらってます」

そう言い、伝蔵は厳しい顔になって、

「何かあったのですね」

と、きいた。

「はい。徳之助が捕まりました。闇太郎に殺しを依頼したことを認めました。実際には仲介した祈禱師にですが」

栄次郎は徳之助から聞いた話をした。

「祈禱師ですか」

「その祈禱師に繋ぎをとるには湯島天神の境内にある梅の木の枝に連絡先を記した紙を結びつけておくそうです」

「梅の木に……」

「ええ、ですが、徳之助は私のことで祈禱師に繫ぎをとろうと枝に紙を結びつけておいたそうですが、祈禱師からの返事はなかったそうです」

「返事はなかった……」

また、伝蔵は呟いた。

「祈禱師がその紙を見たかどうかはわかりませんが、紙は枝から外されていたということです」

「あえて無視したのでしょうか」

伝蔵は考え込む顔付きになった。

「わかりませんが……。同心の木戸さまはためしに連絡先を書いて紙を枝に結びつけてみるそうです」

「無視されそうな気がします」

伝蔵は言い切った。

「どうしてそう思われますか」

「祈禱師は紙に書かれた人物のことを調べているんじゃないでしょうか。その上で、殺しの依頼が本気かどうか見極めているような気がします」

「仰るとおりです。でも、なぜ、徳之助の依頼を拒んだのでしょうか」

「そうですね」

伝蔵は首を傾げてから、

「祈禱師のほうから徳之助に声をかけたのですね」

と、きいた。

「そうです。祈禱師は徳之助の置かれた状況をわかっていたそうです」

「そこなんですが、祈禱師の術でわかったのでしょうか、それとも何かのことで徳之助の秘密を嗅ぎつけたのでしょうか」

伝蔵は疑問を呈する。

「祈禱師だからといって、そこまで見抜けるとは思えません。何らかのことで徳之助の秘密を嗅ぎつけたのではないでしょうか」

栄次郎は想像を口にする。

「その祈禱師は何者なのでしょうか」

「わかりません。顔に皺が浮かんでいて四十は過ぎているようだと、徳之助は語っていました」

「四十過ぎですか」

伝蔵が呟いたとき、おそのが帰って来た。

「あら、矢内さま」

おそのが白い歯を見せた。

「お邪魔しています」

「今、お茶をいれますね」

「あっ、もうお暇《いとま》をしなくてはならないのです。伝蔵さんとの話はすみましたので」

「そうですか」

おそのはがっかりしたように言う。

「では、伝蔵さん、お願いいたします。仕上がりは伝蔵さんの仕事のかねあいで結構ですので」

おそのの前では、観音様を彫ってもらうことになっていた。

栄次郎は豊島町を出て、柳原通りに入り、両国橋を目指した。

両国橋を渡り、栄次郎は津軽越中守下屋敷の西側にある館山新十郎の屋敷にやって来た。先日は引越しの支度をしていたが、荷物はそのまま残っている。門を勝手に入り、玄関で訪問を告げた。

若党らしい侍が出て来た。

「矢内栄次郎と申します。新十郎どのにお会いしたく、お取り次ぎください」

栄次郎は口にする。

「少々お待ちください」

若党は奥に引っ込んだ。

しばらく待たされてから、若党が戻って来た。

「どうぞ、お上がりください」

断られると思っていたので、意外だった。

栄次郎は刀を腰から外して式台に上がった。

「お刀を」

若党が言う。

栄次郎は刀を預け、若党のあとについて奥の部屋に行った。襖が開いていた。

「どうぞ」

若党が入るように勧める。

「失礼します」

栄次郎は部屋に入った。

館山新十郎が脇息によりかかり、酒を呑んでいた。目が据わっている。膝の横に空《から》の徳利が転がっていた。

「いいところに来た。そなたの兄は御徒目付だったな」

　いきなり、新十郎が口を開いた。

「はい」

「何を組頭さまに告げ口をしたのだ？」

「何かございましたか」

　新十郎の剣幕に戸惑いながら、栄次郎はきいた。

「せっかく屋敷を引越しすることになっていたのに突然待ったがかかった」

「待ったが？　組頭さまからですか」

「そうだ。そなたが俺の前に現れてかららろくなことがない」

「私は右田喬平さまを殺した下手人を探しているだけです」

「俺じゃない」

「実際に手をかけたのは闇太郎という殺し屋です。その闇太郎に依頼をした人物がいるのです」

「俺だと言うのか」

「いえ。ただ、右田さまを殺さねばならない理由が館山さまにはおありのようなので」

「そんなものはない。この前も言ったはずだ。御番入りはふたりが決まっていたのだ」

「しかし、館山さまは御代官手付として。右田さまは御徒衆」

「………」

「ところが右田さまがお亡くなりになって、館山さまが御徒衆に」

「それがどうした。そんなことで、俺が右田を殺したと思っているのか」

「違います」

「では、なんで殺したのだ？」

「館山さまは米沢町に住むおくにという後家をご存じでいらっしゃいますか」

「知らぬな」

新十郎は徳利から酒を湯呑みに注いだ。

「知りませんか」

「そうだ。右田が後家のところに出入りをしていた。それがおくにという女だったような気がする」

「右田さまが後家のところに出入りをしていたなど、誰も知りませんが」

「うまく隠していたのだ」

「それなのに、館山さまはどうしてご存じなのですか」

「友人だからな。俺にだけ打ち明けていた」

「なるほど」

栄次郎は頷いてから、

「館山さまも後家とか妾とかとつきあいがあるとお聞きしましたが」

「俺を貶《おとし》めようとする輩《やから》が流したのだろう」

「館山さまを貶めようとする輩とはどなたなのですか」

「いろいろ嫉妬する者がいる。特に小普請組にはな」

新十郎は薄く笑った。

「おくにが何者かに殺され、百両あまりを盗まれたそうです」

「右田だ」

「どうして、そう言えるのですか」

「右田が殺されたからだ。おくにの身内が仇をとるために闇太郎に頼んだのだ」

「ところが、おくにの身内にそのような人物はいなかったそうです」

「探し出せないだけだ」

「館山さまは組頭さまに賄賂を贈っていましたね」

「それがどうした？　みな、そうしている」

「しかし、かなりな額を贈っていますね。五十両も」

「…………」

「右田さまからはそんな大金は贈られていなかったそうです」

栄次郎は鋭く出た。

「館山さま。組頭さまはあなたから受け取った金がおくにから奪った金の一部ではないかと疑ったのではありませんか。だから、引越しも止めたのです」

「いい加減なことを言うな」

「では、組頭さまに渡した五十両はどうやって作ったのですか」

「そなたに言う謂《い》われはない」

「説明が出来ないお金ということですか」

「黙れ」

新十郎は湯呑みを栄次郎の顔面に向けて投げつけた。だが、大きく逸《そ》れて壁にぶつかって割れた。

新十郎は息を弾ませ、

「そなたがあらぬことを言うから、組頭さまは誤解したのだ」

「館山さま。祈禱師のことをどうやって知ったのですか」

「なに」

新十郎は目を見開いた。

「殺し屋の闇太郎との仲介人の祈禱師です」

「…………」

「館山さま。教えてください。あなたは湯島天神の梅の木に連絡先を書いた紙を結んだのですか。それとも、祈禱師から声をかけてきたのですか」

「…………」

新十郎は口をわななかせた。

「今、奉行所はその祈禱師を探しています。もし、その祈禱師の口からあなたの名前が出たらどうなるか。組頭さまはそのことを恐れ、御番入りに待ったをかけたのです。おそらく、組頭さまはあなたから受け取った五十両は返却すると思いますよ。組頭さまも自分の身が可愛いでしょうから」

新十郎はうなだれた。

「なにもかもうまくいっていたのに、そなたが現れたがために……」

いきなり立ち上がり、新十郎は脇差を抜いて栄次郎に斬りつけた。新十郎は酔っていて足がおぼつかない。

栄次郎は上体を微《かす》かにずらし、斬りつけてきた相手の腕を摑んでひねった。新十郎は脇差を手から離した。

栄次郎は脇差を拾い、駆けつけた若党に渡した。

新十郎は畳に両手を突いて頭を垂れていた。

「館山さまはかなりお酔いのようです」

栄次郎は若党に水を持って来るように言った。

若党は脇差の抜き身を持ったまま部屋を出て行った。しばらくして、湯呑みに水を入れて持って来た。

「旦那さま、お水です」

新十郎は体を起こして、若党が差し出した湯呑みを摑んだ。

新十郎は口から水をこぼしながら飲み干した。

「落ち着かれましたか」

栄次郎は声をかける。

「俺はもうおしまいだ」

新十郎が虚ろな目で言う。

「館山さま。教えてください。闇太郎にどうやって依頼をしたのですか」

栄次郎は改めてきいた。

「闇太郎の話を聞いた」

「どんな話ですか」

「闇太郎と繋ぎをとるには湯島天神の梅の木に連絡先を書いた紙を結んでおけばいい。向こうから近付いて来るとな」

「どこで？」

「亀戸《かめいど》天神裏にある呑み屋だ。そこの女将《おかみ》が客から聞いたと言っていた」

「それで、梅の木に連絡先を書いた紙を？」

「そうだ。そうしたら、祈禱師がここに訪ねて来た」

「祈禱師ですか」

やはり、祈禱師が近付いてきたのだ。

「どんな男でしたか」

「顔に皺の多い男だ。四十過ぎだろう」

「祈禱師に右田さまを殺すように頼んだのですね」

「半信半疑だった。しかし、ほんとうに行なった」

「いくら払ったのですか」

「十両だ」

「その後、祈禱師とは？」

「会っていない」

新十郎は静かに首を横に振ってから、

「御番入りが目前だったのに……。もう俺はおしまいだ」

と、呻《うめ》くように言った。

「どうか自訴してください」

「…………」

「決して死んではなりません。右田さまの墓前に詫びてください」

新十郎から返事はない。

「失礼します」

栄次郎はゆっくり立ち上がった。

玄関で、若党から刀を受け取り、

「よろしいですか。館山さまは自害するかもしれません。見張っていてください」

と注意を与え、栄次郎は引き上げた。

三

大番屋に戻ると、『平田屋』の娘のおまちと手代が大番屋から出て来たところだった。おまちは栄次郎を見て頭を下げた。どこかほっとしたような表情に思えた。徳之助を婿に迎えずに済んだことでほっとしているのかもしれない。

おまちを見送ってから、大番屋に入った。

松次郎が出かけようとしていた。

「証が揃ったので、これから奉行所まで行ってきます」

入牢証文を取りに行くのだ。

「戻り次第、徳之助を小伝馬町の牢屋敷に連れて行きます」

「ごくろうさまです」

栄次郎はねぎらったあとで、

「じつは館山新十郎が後家のおくに殺しと殺し屋を雇って右田喬平さまに差し向けたことを認めました」

「ほんとうですか」

「はい。すでにかなり館山新十郎は追いつめられていました。御番入りにも待ったがかかったようです」

「そうですか」

「ただ、館山新十郎が死を選ぶといけません。早く、手を打っていただいたほうがよろしいかと」

「わかりました。入牢証文をとったあと、牢送りは他の者に頼んで、すぐに本所に向かいます。矢内どの」

松次郎は口調を改め、

「もう一度、館山新十郎のところまで御足労を願えまいか。私が到着するまで、館山新十郎を見張っていていただきたい」

「わかりました」

「勘助、矢内さまとごいっしょして」

「へい」

勘助は応じる。

徳之助たちのことを大番屋の番人や小者たちに頼み、松次郎は奉行所に向かった。

栄次郎も勘助と手下とともに本所に向かった。

「矢内さま。館山新十郎がこんなに早く観念するなんて驚きました」

勘助が歩きながらきいた。

「身辺に探索の手が迫っているというより、組頭さまが館山新十郎に不審を持ったことが大きかったようです」

「そうですか」

両国橋を渡る栄次郎の背中から西陽が射していた。南割下水に近付いたときには辺りは暗くなっていた。

館山新十郎の屋敷の門を入ると、玄関前に若党が立っていた。

「館山さまは？」

栄次郎はきいた。

「右田さまのお屋敷に行くと言ってお出かけになってまだ帰って来ません」

若党が心配そうに言った。

「行ってみましょう」

栄次郎は門を出て、右田の屋敷に向かった。

門を入り、玄関で声をかけると、子息が出て来た。

「これは矢内さま」

「館山さまはいらっしゃいましたか」

「はい。もうお帰りになりましたが」

「どのくらい前ですか」

「四半刻（三十分）前です」

ならばとっくに屋敷に帰っていなければならなかった。

「館山さまはどのような用事で？」

「父にお線香を手向けたいと仰って」

「その他に何か」

「いえ、別に。ただ、私が家督を継ぐことが出来たことを話すと喜んでいらっしゃいました。館山さまに何か」

「詳しいことはまたあとでお話しします。今は、館山さまを」

そう言い、栄次郎は踵《きびす》を返しかけたとき、はっとした。

「お父上のお墓はどちらに？」

「本郷の徳善寺《とくぜんじ》です」

「わかりました。失礼します」

外に出てから、

「矢内さま、何か」

と、勘助が緊迫した声できいた。

「違っていればいいのですが」

「まさか」

勘助が息を呑んだ。

いったん、館山新十郎の屋敷に戻り、新十郎が帰っていないことを知ると、

「親分。私はこれから徳善寺に行ってみます。思い過ごしかと思いますが」

「あっしはどうしましょう」

「木戸さまが駆けつけて来られるはずですからここでお待ちください。それに、館山さまが帰って来るかもしれません」

「わかりました」

「では」

栄次郎は本郷を目指した。

昌平橋を渡り、本郷通りに入った。月が周囲を照らしている。闇太郎と出くわした

場所にさしかかったが、そのことに思いを馳せる余裕はなく、ただひたすら走った。

本郷五丁目の角を曲がり、菊坂町《きくざかちょう》に向かう途中に寺が何軒か並んでいる。その中に徳善寺があった。

山門にやっと着いた。古い寺だ。一息入れる余裕もなく、石段を駆け上がる。

山門を潜り、正面の本堂に向かう。墓地は裏手のようだ。月影がさやかで、迷うことなく墓地に足を踏み入れる。

縦の通り道の曲がり角に立ち、建ち並ぶ墓石の前の通り道を眺める。月明かりのおかげえ奥まで見通せる。不審なものは見えなかった。

次の角まで行く。やはり、同じよう奥まで眺めるが、異変はない。そうやって墓地のそれぞれの区画の中を眺めて行く。静かだ。ひとの気配はまったくない。

だが、栄次郎は心ノ臓が鷲摑みにされるような不安に襲われていた。それが現実のものになったのは最後の曲がり角に立ったときだった。

真ん中辺りにある墓の前に、うずくまった黒い影が見えたのだ。一瞬、栄次郎は目《め》眩《まい》がした。

深呼吸をし、栄次郎は駆け寄った。武士らしい男が体を前に倒していた。鼻筋の通った渋い顔だちは館山新十郎に相違なかった。

近付いて、検《あらた》める。すでにこと切れていたが、まだ体には温《ぬく》みがあった。死んで間がないようだ。

新十郎の手に脇差が握られていた。目の前の墓石には右田家と彫られていた。右田喬平の前で、新十郎は腹を切ったのだ。

しばらく、新十郎はここで右田喬平に詫びを告げ、それから腹を切ったのだろう。もう少し早く駆けつけたら……。いや、生きていたとしても死罪だ。右田喬平に詫びながら死んでいったほうが、新十郎には救いだったか。後家のおくにはあの世で詫びるか。

栄次郎は合掌《がっしょう》しながらさまざまな思いにかられた。事件の真相を知るためにも、捕らえて奉行所の取調べを受けさせるべきだったかもしれない。なぜ、後家のおくにを殺したのか。なぜ、右田喬平を闇太郎に殺させたのか。

新十郎をここまで追い込んだのはもちろん本人の問題だが、賄賂を求めた小普請組頭に責任はなかったか。

新十郎の死によって、そのようなこともすべて闇に葬られる。それに、肝心の闇太郎と謎の祈禱師のことはわからずじまいだった。

はやく、新十郎を横たえて楽にしてやりたいが、奉行所の検死が済むまではこのままにしておいたほうがいい。

栄次郎は社務所に向かった。突然、樹の上から羽音がして夜鳥が飛び立った。

社務所の戸は閉まっていた。庫裏《くり》にまわり、戸を叩いて呼びかける。若い僧が出て来たので、わけを話した。

若い僧は急いで住職を呼びに行った。改めて、詳しい話をして、住職と若い僧とともに墓に向かった。

住職は右田家の墓まで迷わず行く。

「これは……」

新十郎の変わり果てた姿を見て、住職は絶句した。

「館山新十郎さまですね。右田さまの葬儀でもいろいろ立ち働いておられましたが……」

住職は数珠《じゅず》を持って合掌した。

本堂のほうからひと声が聞こえた。

しばらくして、木戸松次郎と勘助が駆けつけて来た。

「矢内どの」

松次郎がかすれたような声を出した。

「ごらんください」

　栄次郎は体をずらした。

「やはり、間に合わなかったか」

　松次郎が新十郎の亡骸を見てため息をついた。

「木戸さま、どうしてここに？」

「遺書があったんです」

　勘助が口を入れた。

「遺書が？」

「若党が文机のうえに手紙が置いてあったというので持って来させたら遺書でした。事件について詳細に記してありました」

「事件について語っていたのですか」

「ええ、これです。ほぼ、矢内さまのお考えどおりでした」

「そうでしたか。遺書を残してくれましたか」

　栄次郎は勘助から遺書を受け取り、開いた。月明かりの下で遺書を読んだ。確かに栄次郎の想像どおりだったが、おくにを殺したことでいかに苦しんだかも書かれていた。新十郎が小普請組に落とされていかに悩んでいたか。どんなに小普請組から脱け出したかったのか、その思いが綴られていた。自分勝手な考えに違いないが、新十郎の苦悩もよくわかった。

遺書を勘助に返してから、もう一度新十郎の亡骸に目をやった。

(あの世で、おくにさんや右田さまにお詫びをしてください。そしたらきっと苦しみから解き放たれますよ)

栄次郎は心の中で呟いた。

「あとはお任せください」

松次郎が言う。

栄次郎は住職にも挨拶をし、そこから引き上げた。


翌朝、栄次郎は明神下の新八の長屋に寄った。

腰高障子を開けると、新八は起きたばかりのようだった。

「すみません、こんなに早く」

「いえ、何かありましたか。めずらしく、栄次郎さんの表情が厳しいように思えまして」

ふとんを畳み、枕屏風で隠してから、新八は上がり框まで出て来た。

「じつは館山新十郎が死にました」

「なんですって？」

新八が顔色を変えた。

「右田喬平の墓の前で切腹しました」

栄次郎は経緯を語った。

「探索の手が自分に伸びていることをひしひしと感じていたところに、組頭も疑いを持って御番入りに待ったをかけた。館山新十郎は追いつめられていたんです。私に告白をしたのは、すでに死ぬ覚悟が出来ていたからでしょう」

「そうでしたか。でも、死んでしまうとなんだか……。いや、ふたりも殺しているんですからね」

「そうそう、館山新十郎は亀戸天神裏にある呑み屋の女将から闇太郎との繋ぎをとる話を聞いたそうです」

「亀戸天神裏にある呑み屋ですかえ」

新八は目を細めた。

「女中が売笑する店があると聞いています」

「おそらく、そこでしょう。それで、聞いたとおりに湯島天神の梅の木に紙を結んでみたそうです、そしたら、屋敷に祈禱師が訪ねて来たということです」

「そうでしたか。なぜ、その呑み屋の女将がそんなことを知っているのか気になりますね。調べてみましょうか」

「お願い出来ますか」

「ええ、やってみます」

「私はこれから右田喬平さまのお屋敷に行ってきます」

そう言い、栄次郎は新八の長屋をあとにし、本所に向かった。


それから半刻後、栄次郎は南割下水の右田喬平の屋敷を訪問していた。

仏間で喬平の位牌に手を合わせたあと、妻女と子息を前に口を開いた。

「昨夜、徳善寺の右田家の墓の前で、館山新十郎さまが腹を切りました。お屋敷には遺書がありました」

「今、なんと」

妻女が目を見開いてきき返した。

「右田家の墓の前で、館山新十郎さまが切腹し果てました」

栄次郎はもう一度口にした。

「まさか」

　妻女は啞然としていた。

「それはまことですか」

　子息が身を乗り出してきいた。

「はい。昨夜、館山さまがこちらにお見えになりましたね。仏壇に線香を手向けたあと、本郷の徳善寺に行ったのです」

「なぜですか。なぜ、父の墓の前で？　まさか……」

「そうです。その、まさかです。殺し屋を使ってお父上を殺したのは館山さまでした」

「信じられません」

　妻女は取り乱し、悲鳴のような声を上げた。

「御番入りのことが？」

　子息は落ち着いてきいた。

「いえ、館山さまはおくにという後家と親しくし、ときたま米沢町の家に会いに行ってました。そのおくにがふた月ほど前に何者かに斬られ、百両あまりを盗まれたのです」

「館山さまが……」

子息が確かめるようにきいた。

「そうです。右田さまは館山さまがおくにの家に通っていることを知っていました。だから、おくにが殺されたときいたとき、館山さまに疑いを向けたそうです。ですが、証はないので深く追及しなかったそうですが、館山さまは組頭さまに五十両もの賄賂を贈ったのです。このことから、右田さまは館山さまの仕業《しわざ》だと確信し、館山さまを問い詰めたそうです。しらを切り通したそうですが、このままではいつか真実を明らかにされてしまう。そんなとき、闇太郎という殺し屋のことを耳にし、繋ぎをとったということでした。館山さまは、まさかほんとうに殺すとは思っていなかったと言ってましたが……」

「館山さまが夫を……」

妻女は呆然と呟いた。

「右田さまは病気がちだったために小普請組に入りましたが、館山さまは自分の不行跡のために小普請組になったのです。館山さまが御番入りになるには組頭さまにかなりの賄賂を贈らないとならないと思ったのでしょう。館山さまは右田さまだけが御番入りをすることに耐えられなかったのでしょう」

「なぜ、館山さまは今になって切腹を?」

妻女がきいた。

「おくに殺しの探索が自分に迫っていることを知ったのです。その上、組頭さまもおくに殺しの疑いを持ちはじめ、御番入りに待ったをかけたのです。館山さまは追いつめられていました」

「…………」

「殺しを依頼した館山さまは責任をとりましたが、実際に手を下した闇太郎はまだどこにいるのかわかりません。ですが、必ず闇太郎も見つけ出します」

栄次郎は自分自身にも言い聞かせた。

妻女は大きく深呼吸をし、

「矢内さま。いろいろありがとうございました。これで夫も浮かばれます」

と、深々と頭を下げた。

子息も礼を述べた。

「では、私はこれで。闇太郎を見つけたらまたお伝えに参ります」

栄次郎は挨拶をして、右田喬平の屋敷を出た。

四

栄次郎は本所から浅草黒船町のお秋の家にやって来た。

二階の部屋で、やりきれない思いを三味線の糸に撥《ばち》を当てて晴らそうとしたが、ふと気がつくと手が止まっていた。

目まぐるしかった出来事に、栄次郎は落ち着きを失っていた。三味線を弾いているときは何もかも忘れて没頭する。栄次郎にはそれが出来なかった。何かあれば、そっちに気がとられてしまう。三味線弾きとして、栄次郎の弱点なのかもしれない。

「栄次郎さん」

襖の外でお秋の声がした。

「勘助親分がお見えです」

「通してください」

栄次郎は答えて、三味線を片づけた。

勘助が部屋に入って来た。

「昨夜はお疲れさまでした」

「親分も」

栄次郎は応えてから、

「あれからどうなりました？」

「与力さまが検死に来て、切腹と明らかになって、亡骸はお屋敷に引き取らせました」

「そうですか」

「葬儀を終えたあとに、館山新十郎の処分を決めるそうです。それで、まだ遺書は見なかったことになりました」

勘助は不平を口にした。

「つまり、葬儀が終わったあとに遺書が見つかり、おくに殺しの下手人だったとわかったことにするのですね」

「へえ。木戸の旦那が言うのは、小普請のえらいひとから奉行所に申し入れがあったようだと」

勘助は口許を歪め、

「お侍さまっていうのはいろいろ小細工をしますね」

と、吐き捨てる。

「おそらく、館山新十郎から小普請組頭さまに渡った五十両のうち、いくらかがその上の小普請組支配に渡ったのでしょう。その金が殺しで得たお金だと騒がれたらまずいので、その手当てをするための猶予が欲しかったのでしょう」

「汚い連中ですね」

勘助は怒りを隠さなかった。

「確かに、館山新十郎は組頭さまに翻弄《ほんろう》されたようなものです。賄賂を求められなければ、館山さまだってあのような真似までして金を手に入れようとしなかったでしょう」

「そうですね。そう考えたら、館山新十郎も犠牲者じゃありませんか」

「そうは言っても、ひと殺しまでしてしまったのは、館山さま自身の責任です」

「そうですね。まあ、ひとを殺してしまってはどんな言い訳も出来ませんね」

勘助は自分を納得させるように言い、

「矢内さま、じつは今日お伺いしたのは、闇太郎との繋ぎの件です」

と、切り出した。

「木戸の旦那が、梅の木に繋ぎの紙を結びつけることにしました」

「偽の依頼人を作り出したのですね」

「ええ、以前に恐喝で挙げたことがある男の名前を借りることにしました」

「そうですか」

「じつは、その男の名と住まいを書いた紙をさっき湯島天神の梅の木に結んで来たのです。きっと、今夜、祈禱師かその使いがその紙をとりに来るはずです。そいつのあとをつけようと」

「なるほど」

「そこで、木戸さまが矢内さまにもいっしょに見張ってもらえないかと」

「承知しました」

「おそらく暗くなってからとりに来るだろうから、うちの旦那とあっしは夕方から見張っています」

「私もその頃に行きます」

「助かります。では、あとで」

勘助は引き上げて行った。

その夜、栄次郎は湯島天神の社務所の陰から男坂近くにある梅の木の辺りに目をはわせていた。

鳥居のほうの暗がりには木戸松次郎と勘助が待機している。昼間、勘助が祈禱師を誘き出すために偽りの連絡先を書いて木の枝に結びつけていた。

館山新十郎も梅の木に紙を結びつけ、闇太郎と繋ぎをとったのだ。栄次郎は気を張って梅の木の周辺を見つめた。

男坂を上がって来た黒い影があったが、梅の木を見向きもせずに素通りをし、拝殿に向かった。

夜でもときたま参拝人がやって来て、梅の木の前を通って行くが、枝に結ばれた紙はそのままだ。

五つ半（午後九時）になろうとしていた。ここに来てから一刻経つ。もっと遅くに現れるのかもしれない。

栄次郎は境内の端を通って、松次郎と勘助のところに行った。

「深夜になるかもしれませんね」

栄次郎はふたりに言う。

「ええ、相手も警戒しているでしょうから、真夜中過ぎかもしれません。矢内さまは適当に引き上げください。あとはこっちでやります」

「いえ、私も待ちます」

「でも」

そう言って、勘助の声が止まった。

「あれは」

「どうやら来たようだ」

松次郎が緊張した声を出した。

栄次郎も梅の木のほうを見つめた。物貰いらしい男が梅の木の前に立って枝を見つめている。

「紙をとるようだ」

松次郎が言うと、男は枝に手を伸ばした。

「とった」

勘助が小さく叫ぶ。

物貰いの男は女坂に向かった。

「よし」

松次郎が飛び出した。勘助も続く。

栄次郎は用心してその場から動かなかった。案の定、もうひとりの男が現れ、松次郎と勘助を目で追っていた。

栄次郎はその男が男坂を下って行くのを見た。栄次郎は飛び出して男坂まで走った。すでに男は坂の下にたどり着いていて、こっちを見上げていた。姿を見られた。栄次郎は男を追うように坂を駆け下りた。

が、男はすでに歩き出していた。坂を下ったとき、男の姿は提灯が下がったいかがわしい店が並ぶ一帯に消えていた。

栄次郎は松次郎と勘助を探すために女坂のほうに行くと、松次郎と勘助が引き返してくるのがわかった。

栄次郎は駆け寄った。

「物貰いの男は？」

「挙動がおかしいので途中で声をかけたんです。そしたら、頼まれて木の枝に結びつけていた紙をとって来ただけだと。ほんとうの物貰いでした」

勘助が憤然と言う。

「あのあと、もうひとり新たな男が現れました」

栄次郎はそのときの様子を語った。

「おとりだったか。そこまで考えが及ばなかったのは迂闊《うかつ》だった」

松次郎が悔しそうに言い、

「どんな男でしたか」

と、きいた。

「遠目で暗くてわかりません。ただ、若い男ではなかったようです。着流しでしたが、もしかしたら祈禱師の男かもしれません」

「物貰いに頼んだのも着流しの四十過ぎの男だそうです」

「これで繋ぎの手口を変えてしまうでしょうか」

勘助が心配した。

「おそらくな」

松次郎は顔をしかめた。

「いつも、誰かに頼んでいたのでしょうか」

勘助が顔をしかめた。

「いえ、おそらく、徳之助が捕まったことを敵は知って、今夜は用心したのではないでしょうか」

栄次郎は想像する。

「せっかくの好機だったが……」

松次郎の無念の声に、

「まだ、やめられないと思います」

と、栄次郎は口を入れた。

「祈禱師はあちこちで闇太郎と繋ぎをとる方法を触れ回っているかもしれません。すぐに変更したら、それまでの触れが無駄になってしまいかねません」

「なるほど。しばらく、梅の木の監視をつづけよう」

松次郎は元気を取り直して言った。

栄次郎はふたりと別れ、湯島の切通しを通って本郷の屋敷に帰った。


すでに兄は帰っていた。栄次郎は着替えたあと、兄の部屋に行った。

「兄上、よろしいですか」

「入れ」

すぐに返事があった。

栄次郎は部屋に入り、兄と差向いになった。

「館山新十郎が自害したそうだな」

「はい。兄上が小普請組頭さまを揺さぶったことが大きかったのかもしれません」

「組頭さまは自分の身に災いが降りかかるのを恐れ、館山新十郎を突き放したのだろう」

　兄は不快そうに顔を歪めた。

「『平田屋』の主人殺しも闇太郎に殺しを依頼した徳之助が捕まりました。闇太郎に関わる殺しで残るは真島さまの一件だけです」

「うむ」

　兄は眉根を寄せて唸った。

「信州屋が喋ってくれればいいんだが、当てに出来ない」

「信州屋はどうしているのですか」

「病気と称して、家に閉じ籠もっているようだ。おそらくよけいなことを喋ったら、闇太郎に狙われるだろうと脅されているのではないか」

「脅すとしたら、誰が？」

「作事奉行と『山喜屋』の関係に注目をしている」

「しかし、なぜ、信州屋を狙わず、真島さまだったのでしょうか」

　栄次郎は疑問を口にした。

「うむ？」

「闇太郎に殺しを依頼するなら信州屋でもよかったはずです。信州屋がいなくなれば、真島さまも証は得られなかったのでは」

栄次郎はかねてからの疑問を改めて口にした。

「真島さまはお役目を果たそうとしていただけ。確かに敵にはうっとうしい存在だったかもしれませんが、裏切って秘密を暴露しようとしている信州屋こそ、一番の邪魔者ではなかったのでしょうか」

「………」

「それに、もっとも解せないのが、誰も真島さまの任務を知らないことです。老中から若年寄より直に内命を受けたということはないとはっきりしているのですね」

「それは間違いない」

「御徒目付組頭さまも真島さまから何も聞いていなかったのですね」

「組頭さまはそう仰っている」

「真島さまは誰にも告げずにひとりで動いていたのです。そんなことはあり得るのでしょうか」

「以前にも言ったように、ある程度の確証を摑んでから組頭さまにお知らせしようとしていたのだ。もし、あの夜、闇太郎に斬られなかったら、又一郎は信州屋から聞いたことを交え、組頭さまに訴えていたのではないか」

「どうしてそこまで慎重だったのでしょう」

「おそらく、相手が大物であったからであろう」

「やはり、作事奉行ですね」

「そうだ」

「では、兄上は作事奉行を調べているのですか」

「いや」

「どういうことですか」

「じつは又一郎のお役目を引き継ぐのはわしではなく、別の者になった」

「どういうことですか。最初は兄上が引き継ぐことになったのでは？」

「そうだ」

兄は苦い顔で、

「わしにもわからぬが、急に変わった」

「何か思い当たることは？」

栄次郎は突っ込んできいた。

「又一郎は作事奉行と材木問屋の『山喜屋』との関わりを調べていたのではないかと組頭さまにお話ししたことがある。ところが、組頭さまは乗り気ではなかった」

「乗り気ではない？」

「理由はわからぬが、それから急にお役目を外れた」

「作事奉行のことが問題になったのでしょうか」

「わからぬ」

「では、闇太郎の件も？」

「それも、わしの役目ではなくなった。せめて、又一郎に殺し屋を差し向けた者を突き止めたいと訴えたが、だめだった」

「なぜでしょうか」

「わからぬ」

兄は顔をしかめた。

「兄上、何かありそうですね」

「栄次郎。何を考えている？」

「おそらく、兄上と同じことだと思います」

「…………」

「兄上、このままでいいのですか」

「いいも悪いもない。わしは役目を外されたのだ。だから、信州屋に会いに行くことも出来ぬ。仮に、信州屋に話をききに行っても、今のままなら何も話してくれぬだろう」

兄は無念そうに言ったあとで、

「栄次郎。もはやわしは動けぬ。動けるのはそなただけだ」

と、険しい表情で言った。

(兄上。任せてください)

栄次郎は兄の強い視線をしっかと受け止めた。

五

薄陽が射しているが、堀に浮かぶ丸太の風景は寒々としていた。

筏師《いかだし》が筏に組んだ丸太を移動させている。川並《かわなみ》と呼ばれる職人が材木の仕分けをしていた。

しばらく立ち尽くしていると、体が冷えてきた。

背後で足音がした。

「お待たせしました」

新八が戻って来た。

「信州屋は庭に出ていました。寝込んではいません」

新八は『信州屋』に忍んできたのだ。

「わかりました」

「じゃあ、あっしは亀戸天神裏に行ってもう少し調べてみます。夕方に、お秋さんの家に行きます」

そう言い、新八は立ち去って行った。

栄次郎は『信州屋』に足を向けた。

『信州屋』の店先に立ち、土間にいた番頭ふうの男に声をかけた。

「私は御徒目付真島又一郎に縁のある矢内栄次郎と申します。ご主人にお会いしたいのです。お取り次ぎくださいませぬか」

「主人は病にて臥せっております」

「少しだけお会い出来ればいいのですが」

「いえ。とても、お会い出来る体ではありません」

「妙ですね。今、主人は庭に出ていると伺って来たのですが」

「それは何かの間違いで」

番頭はうろたえた。

「番頭さん。このままでいいんですか」

栄次郎は意味ありげに言う。

「どういうことですか」

「このまま、作事奉行に睨まれたままなら先行き困ったことになりますよ」

「………」

「それより、作事奉行と親しい材木問屋の鶴の一声で『信州屋』さんはどうとでもなります。それでいいんですか」

「ちょっとお待ちを」

番頭はあわてて奥に向かった。

しばらく待たされてから、番頭が戻って来た。

「主人がお会いするそうです。どうぞ、こちらに」

栄次郎は番頭の案内で、客間に通された。

待つほどのこともなく、五十近い鬢《びん》の白い男がやって来た。

「突然、押しかけて申し訳ありません。私は矢内栄次郎と申します」

栄次郎はまず詫びてから名乗った。

「真島さまとはどのようなご関係なのですか」

信州屋がきいた。

「私の兄が真島さまの朋輩《ほうばい》でした」

「私に何を？」

「あなたに勇気を持っていただきたいのです」

「勇気？　何を仰っているのか」

「あなたはこのまま尻尾《しっぽ》を丸めておとなしくしているつもりですか。それで済むとお思いですか」

「…………」

信州屋は顔をしかめた。

「信州屋さんは作事奉行と昵懇《じっこん》の間柄だったそうですね。そこに割り込んできたのが、『山喜屋』です。そのために信州屋さんは弾き飛ばされた」

「なんのことやら」

信州屋はとぼける。

「あなたは『山喜屋』と作事奉行の癒着を真島さまに訴えたのではありませんか。おそらく、寛永寺の修繕にかかる材木の調達での不正の企みではないでしょうか。それで、真島さまは作事奉行の内偵をはじめた。そして、先日、神田明神境内にある料理屋の『沢むら』で会って、その証になることを……」

「違います」

信州屋は否定した。

「真島さまとはまったくの別件です」

「どんな内容ですか」

「申し訳ありません。真島さまと私だけのことですので」

信州屋は突き放すように言った。

「真島さまは『沢むら』の帰りに待ち伏せていた殺し屋の闇太郎に襲われたのです。真島さまがあなたと会うことを知っていた者がいたかどうかを奉行所は調べていました。今までのところ、誰もいないようです。つまり、あなた以外は誰も知らないのです」

「…………」

信州屋は顔色を変えた。

「よいですか。このままなら、あなたが真島さまと何らかのことで問題を起こしていた。だから、あなたが殺し屋に依頼をし、『沢むら』の帰りに襲わせた……」

「冗談じゃない」

信州屋は憤然とした。

「私が真島さまをどうして殺さなければならないのですか」

「あなたと真島さまに大きな揉め事があったのではありませんか。その話し合いのために、『沢むら』に呼んだのではありませんか」

「揉め事などありません」

「しかし、それで奉行所が納得しましょうか。いや、仲間を殺された御徒目付が黙っていますまい。あなたが、いつまでもこそこそ隠れていれば、いずれあなたに疑いが向くでしょう。いや、真島さまを殺した真の下手人はあなたに罪をかぶせようと裏で動いているかもしれません。そうなったとき、あなたは敢然と無実を訴えることが出来ますか。そのときになって、『山喜屋』と作事奉行の癒着を持ち出しても、今さら信じてもらうのは難しいでしょう」

信州屋ははっとしたように顔を上げた。

「真島さま殺しの鍵を握っているのはあなただけなのです。おそらく、あなたは誰かに脅されたのでしょう。よけいな真似をしたら闇太郎を妻子に差し向けるとでも」

「…………」

「これからそんな脅しに屈しながら生きていくのですか」

信州屋は何か言おうとして口を開きかけたが、声にならなかった。

「信州屋さん。お店のため、家族のため、奉公人のため、勇気を持って立ち上がってください。奉行所に、私の兄矢内栄之進に、すべてをお話しください。兄は真島又一郎さまと親しくしていました。きっとあなたをお守りします」

栄次郎は諭《さと》すように言って立ち上がった。


一刻後、栄次郎はお秋の家の二階で、三味線を弾いていた。まだ撥を持つ手の感触がしっくりこない。

以前は勝手に手が動いていたが、今は意識して一生懸命に手を動かさなければ激しい撥捌きが出来なかった。

まだ、何かが違う。感覚は戻っていなかった。以前のような手応えを取り戻すには時がかかりそうだった。

夕方になって、新八がやって来た。

「どうでしたか」

「ある程度、わかりました」

新八が答えた。

「館山新十郎がときたま訪れていた呑み屋はやはり女中が売笑する店でした。そこの女将が常連客から、もし殺したい相手がいたら、湯島天神の梅の木に連絡先を書いた紙を結んでおけば闇太郎という殺し屋と繋ぎをとることが出来るときいたそうです。その客はどこかで聞いてきたそうです。で、その客に会ってきました」

新八は続けた。

「その男はある商家の旦那でした。その旦那は按摩《あんま》から聞いたそうです。肩を揉んでもらっているときに、そんな話をしていたそうです。で、按摩にきいたら、仲間の座頭から聞いたと」

新八は息継ぎをして、

「これ以上、たぐっても意味がないと思ってやめました。つまり、こういうことだと思います。祈禱師の男は客を得るためにあっちこっちで繋ぎをとる方法を言いふらしているんです。その中から引っかかってくる客を待っていたんです」

「なるほど」

栄次郎はそういうことかと思ったが、自ら進んで客を求めていることに驚きを禁じ得なかった。そこまでして、依頼人を見つけたかったのか。

　確かに三か月前から毎月ひとりを殺している。それほど頻繁に殺しをしたかったのは、金のためか。

　しかし、徳之助も館山新十郎も支払ったのは十両だ。金を欲しているなら、もっと大きな額を請求すればいいはずだ。

「確かに、あっちこっちで依頼人を呼び込んでいるように思えますね。やたらめったら吹聴《ふいちょう》してまわったら奉行所の耳にも届く恐れがあるでしょうに」

　新八が首を傾げる。

「だから、梅の枝から用心して紙を外し、それからそこに書かれた人物を調べ、偽りないとはっきりした時点で当人に近付いて行くのでしょう」

　それだけあちこちで言いふらしていると、実際に闇太郎が殺した事件を知れば、みな聞いていた話はほんとうだと思い、殺しを依頼してみようという輩も現れるに違いない。

「今度はあっしが紙を結んでみましょうか。そしたら、あっしのことを調べるでしょう」

「そうですか。連絡先を書いた紙を相手にとらせたほうがいいですね。ただ、ほんとうに殺したい相手がいると思わせないと、近付いて来ません。偽りはすぐ見抜かれてしまいそうです」

「ええ」

新八は困ったような顔をして、

「こう考えると、殺したい相手はなかなかいないものですね」

と、呟いた。

「それは結構なことじゃないですか」

「これでは、祈禱師は近付いてくれそうもありませんね」

新八は苦笑した。

「それより、信州屋はいかがでしたか」

「説き伏せたのですが、だめです。信州屋は当てに出来ません。やはり、闇太郎を見つけるしかありません」

「では、あっしは殺したい相手がいるような男を探してみます。栄之進さまに頼まれた探索で知り合った中間《ちゆうげん》がいかさま博打《ばくち》にひっかかって怒っていたことがあります。この男についても調べてみます」

そう言い、新八はあわただしく引き上げて行った。

ひとりになって、栄次郎は闇太郎のことに思いを馳せた。なぜ、闇太郎は立て続けに殺しを引き受けたのだろうか。

十年前の闇太郎は三年間で九件。年に三件だ。だが、今の闇太郎はこの三か月で三人。この違いはどこからきているのか。

違い、と栄次郎は呟いた。

そうだ、十年前の闇太郎との違いは他にもある。十年前は五條天神の参道に出ていた大道易者《だいどうえきしゃ》が仕掛け人だったが、今は祈禱師だ。

だが、この違いは仕方ない。大道易者が仕掛け人だということは奉行所も知っているのだ。だから、それを受け継ぐことは出来まい。

栄次郎は十年前と大きな違いがあることに気づいていた。それはたまたまだったのかという思いでいたのだが、そのことをはっきりさせねばならない。


その夜、崎田孫兵衛がやって来た。栄次郎は居間で向かい合ったが、孫兵衛は表情に精彩がなかった。

『平田屋』の主人殺し、そして、後家のおくに殺しなどが解決し、機嫌はよかろうと思っていたので、栄次郎は不思議に思った。

「崎田さま。なんか屈託がありそうなご様子ですが」

栄次郎は長火鉢の前に座っている孫兵衛に声をかけた。

「いや、そんなことはない」

孫兵衛は強がった。

「それならよいのですが」

栄次郎は心配そうに言ってから、

「崎田さま。また、闇太郎について教えていただきたいのですが」

と、切り出した。

「うむ」

また、表情が曇ったような気がした。

栄次郎は気になかったが、

「闇太郎は十二年前から十年前までの三年間で九件の殺しを犯してきたのですね」

と、問いかけを続けた。

「この前、話したとおりだ」

「最後の事件が口入れ屋の大黒屋笹五郎殺しでしたね。それ以外に、白河検校が殺された件もお聞きしました。あと七件あるのですね」

「おいおい、その七件をひとつずつ話せというのではないだろうな。いくらわしでも、詳しく覚えてはおらぬ」

「いえ、ただ、お訊ねしたかったのは殺された者の立場です」

「殺された者の立場？」

孫兵衛は眉根を寄せた。

「ええ、十年前、押込みが頻発し、被害にあった五軒とも『大黒屋』から奉公人が派遣されていたそうですね。笹五郎は押込みの手先を送り込んでいたと、奉行所は見ていたそうですね」

「うむ」

「ですが、証はなく奉行所は手出しが出来なかった。そんな中、押込みに失敗した盗賊のおかしらが闇太郎を雇って笹五郎を殺した……」

孫兵衛は煙管をとり出した。

「それから、白河検校の件です。若い頃から旗本や御家人に座頭金を高利で貸し付け、法外な取り立てをしていた。そうやって貯めた金で官位を買い、検校にまで上り詰めた男でしたね」

栄次郎は続ける。

「検校になってからは妾を何人も抱え、吉原で豪遊し、有名な料理屋で我が物顔で振舞っていた。誰もがほとほと手を焼いていたということでした」

「そうだ」

「その他に闇太郎に殺された者について覚えているものはありませんか。一件でも」

栄次郎は迫るようにきいた。

孫兵衛は煙草に火を点《つ》け、目を細めて煙を吐いてから、

「女中を手込めにして自害に追いやった旗本の次男坊が殺された。この男は他にも娘を凌辱していた」

「なるほど」

「もう一件、ございますか」

「浅草の料理屋を乗っ取った男がいたな。その男も喉を斬られて死んでいた」

「やはり、そうでしたか」

「やはりとはなんだ?」

「十二年前から十年前の闇太郎に斬られた人物はみなとんでもない輩だったようですね。残りの四人は聞いていませんが、おそらく同じでしょう」

「そうだ。殺されたのは悪人だ」

孫兵衛ははっきり言った。

「ええ、話を聞いただけでも虫酸《むしず》が走るような者たちばかりです」

「それがどうした？」

「今回の闇太郎です、今回の殺された三人はみななんの罪もない者なのに闇太郎に殺されています」

「…………」

「崎田さま。十年前の闇太郎と今回の闇太郎は別人ではないでしょうか」

「わしもそのことを考えたが、喉の斬り口は同じだ。あの斬り口は闇太郎が独自に編み出したものだ。あのような技を使う者がふたりといようか」

「闇太郎に子どもは？」

「わからぬ。が、いたとは思えぬ」

「弟子もいなかったのでしょうか」

「今の闇太郎は弟子だと言うのか」

「はい、別人に思えてきました」

「十年という歳月はひとを変えるには十分だ。正義感に燃えていた十年前の闇太郎は変貌を遂げたのだ」

孫兵衛は厳しい顔で言う。

「十年前、捕まえることが出来なかったことが無念だ」

「崎田さまはそのことに責任を感じていらっしゃったのですか」

それが屈託の理由だったのだろうか。

「崎田さま。私はどうしても同じ人物とは思えないのです。十年の歳月がひとを変えたとしても、罪のない者を殺すようになるでしょうか」

「…………」

孫兵衛は煙管を持ったまま考え込んでいたが、

「もし、そうだとしたら、それで何かが変わるのか。闇太郎の正体がわかるわけではあるまい」

と、きいた。

「はい、正体はわかりません。でも、ひとつだけ大きな違いが」

「なんだ、それは？」

「十年前の闇太郎がどこかにいるのです」

「なに、十年前の闇太郎……」

孫兵衛は栄次郎の顔を食い入るように見つめ、

「だとしたら、本物の闇太郎はどうしているのだ」

と、呟いた。

何かある。闇太郎の背後に何かが隠されている。栄次郎はそんな気がしていた。

第四章　果たし合い

一

　栄次郎はお秋の家から伝蔵のところにまわった。

　伝蔵の妻女おそのは大黒屋笹五郎の妻女だったのだ。おそのは誰が闇太郎を雇って笹五郎を殺したのかを知りたがっていた。

　おそのの気持ちを知って、伝蔵は闇太郎を探そうとしている。だから、今の闇太郎が十年前の闇太郎と別人かもしれないことを伝えておきたいと思い、豊島町の路地に入った。すると、奥からやって来た男とすれ違った。

　三十半ばぐらいと思える細身の男だ。背中に風呂敷包みを背負っている。薬売りだろうか。行きすぎたあと、栄次郎は気になって振り返った。

すると、男も立ち止まってこっちを見ていた。栄次郎の顔を見て、あわてて男は通りに出て行った。

栄次郎は男のあとを追って通りに出た。しかし、すでに男の姿はなかった。

栄次郎は諦めて路地を戻った。

伝蔵の家の戸口に立った。栄次郎は戸に手をかけたとき、ふと今の男はここにやって来たのではないかと思った。

戸を開けて、声をかける。板敷きの間に伝蔵がいて、木を彫っていた。

「矢内さま。いらっしゃい」

伝蔵が顔を向けた。

「まだ、お仕事でしたか」

「いえ、そろそろやめようと思っていたところです」

伝蔵は膝の木屑《きくず》を払って立ち上がった。声を聞きつけたのだろう、奥からおそのが出て来た。

「これは矢内さま」

おそのはにこやかに挨拶をした。

「夜分にすみません。近くを通りかかったので」

栄次郎は言い訳をした。

「今、お茶をいれますね」

「いえ、すぐお暇《いとま》しますので」

栄次郎はあわてて言う。

「矢内さまと仏像のことで話がある。終わったら、お茶を出してもらおう」

「そうですか。では、私は向こうにいますので」

おそのは伝蔵に言い、奥に行った。

伝蔵とふたりきりになって、栄次郎は小声で切り出した。

「じつは妙なことに気づいたのです」

「妙なこと?」

伝蔵は真顔を向けた。

「十年前の闇太郎が殺した相手ですが、笹五郎をはじめとしてどれも悪党ばかりでした。つまり、法で裁けない相手を闇太郎が成敗しているのです。ところが、今回は罪のない者が犠牲になっています」

「………」

「今と十年前の闇太郎は別人だと思われます」

栄次郎は続ける。

「ただ、両者がどのような関係にあるのかわかりません。師弟関係にあるのか、あるいはまったく無関係か。ただ、無関係だとすると、喉を狙った斬り口が同じだということが説明つきません」

「矢内さまはどうお考えですか」

伝蔵が真剣な眼差しできいた。

「わかりませんが、私は関係ないと思っています。もし、十年前の闇太郎の弟子であったら、罪のない者の殺しを引き受けることはないと思います」

「では、何者なのでしょうか」

「わかりません。ただ、関係ないでしょうが、今の闇太郎はあえて十年前の闇太郎を真似ているような気がします」

「…………」

「別人であれば、今の闇太郎を捕まえて問い詰めても、笹五郎殺しを依頼した人物のことは答えられません」

「そうですね」

伝蔵は素直に頷いた。

「ですから、闇太郎のことは慎重に」

「はい」

「それでは私は」

栄次郎は立ち上がった。

「今、お茶をいれさせます」

そう言い、伝蔵は手を叩いた。

おそのが顔を出すと、伝蔵は茶をいれるように言った。

「すみません」

栄次郎は再び腰を下ろした。

「そうそう、さっきこの路地に入ったとき、風呂敷包みを持った男とすれ違いました」

「ああ、ここに来ました」

「ここに？」

「ええ。仏像の注文で」

「そうですか」

「何か」

伝蔵がきいた。

「いえ、なんでもありません」

おそのが茶を持って来た。

「いただきます」

栄次郎は湯呑みを摑んだ。茶のいい香りがする。

「矢内さま」

おそのが厳しい顔で、

「その後、闇太郎はどうなっているのでしょうか」

と、きいた。

伝蔵がどこまでおそのに話しているのかわからず、栄次郎は返答に窮した。

「まだ、進展はないようだ」

伝蔵が口を入れた。

「ええ。ただ、闇太郎と依頼人の仲介をしているのが祈禱師の男らしいとわかったのですが」

「祈禱師？」

「ええ。目下奉行所でも謎の祈禱師を探しています」

「祈禱師ですか」

おそのが微《かす》かに眉根を寄せた。

「何か」

「きょうの昼間、白装束に袴を穿いた修験者のような姿の男を見かけました」

「どこで？」

「使いから帰って来たとき、路地から出て来ました」

「ほんとうの修験僧ではないのか」

伝蔵が困惑した顔をしてきいた。

「いえ、ちゃんとした修験者の姿ではなかったわ」

「近所で、祈禱を頼んだひとがいるのかもしれないな。そういえば、角の豆腐屋の隠居は臥《ふ》せっているそうだ。祈禱をしてもらったのかもしれない」

伝蔵は珍しくむきになって言う。

「そうね」

おそのは頷いた。

「闇太郎のことはいずれはっきりすると思います」

栄次郎はおそのに言い、茶を飲み干してから、

「ごちそうさまでした」

と、湯呑みを返して立ち上がった。

「矢内さま。お気をつけて」

おそのが声をかける。

「では」

ふたりに挨拶をして、栄次郎は土間を出た。

柳原通りから八辻ヶ原を突っ切り、昌平橋を渡る。

栄次郎はおそのの話が気になっていた。修験者のような男を見たという。その男こそ謎の祈禱師ではないのか。

栄次郎とすれ違った薬売りらしい男のことも気になる。伝蔵は仏像の注文だと言っていたが、ほんとうだろうか。

(まさか)

栄次郎ははっとした。

伝蔵は梅の木に連絡先を書いた紙を結わえたのではないか。それで、祈禱師がやって来た。

しかし、なぜ祈禱師は伝蔵をちゃんとした依頼人と見極めたのだろうか。ひょっとして、伝蔵には殺したい相手がいるのでは……。

湯島聖堂の角を曲がってしばらくして、栄次郎は素早く塀際にある松の樹の陰に身を隠した。ずっとつけて来る者がいたのだ。

栄次郎はじっとしていた。しかし、尾行者の足が途中で止まったのか、なかなか現れなかった。

栄次郎は道の真ん中に出た。曲がり角に目をやると、黒い影が立っていた。やはり、さっきの薬売りのようだ。

栄次郎は闇太郎のような気がした。背格好も似ている。栄次郎はいきなり、黒い影に向かって走った。

だが、男は素早く踵を返し、暗がりに消えていた。

祈禱師に続き、薬売りに化けた闇太郎が伝蔵の家を訪れた。ひょっとして、伝蔵が繋ぎをとったのではないか。

しかし、伝蔵はなぜ黙っているのか。栄次郎にも内緒で何をしようとしているのか。おそののためか。十年前の闇太郎と別人だという栄次郎の忠告は伝蔵には届いていないのだろうか。

そうではない。やはり、伝蔵には殺したい相手がいるのかもしれない。栄次郎は屋敷に帰り着くまで、伝蔵のことを考えていた。

屋敷に戻って、すぐ兄に呼ばれた。

部屋に入ると、兄は濡縁に出て、暗い庭を見ていた。

「兄上」

栄次郎は声をかける。

「うむ」

やっと気づいたように、兄は部屋に入り、障子を閉めた。

「何をお考えでしたか」

差向《さしむか》いになって、栄次郎はきく。

「じつは信州屋から会いたいと言ってきて、きょう会ってきた」

「ほんとうですか。では、信州屋はすべてを……」

「話してくれた」

兄は深刻な顔で言う。

「なぜ、今まで黙っていたのか。やはり、脅されていたらしい。又一郎が殺され、自分も身の危険を感じ、黙るしかなかったそうだ」

「誰に脅されていたのですか」

「又一郎が殺された翌日、ある武士が『信州屋』を訪れていた」

「作事奉行に連なる者ですね」

かねてから、考えていたことだ。

「いや、わからぬ。名乗らなかったそうだ」

兄は続けた。

「よけいな真似をしないほうがいいと親切ごかしに言ってきたそうだ。このままなら、又一郎に差し向けた殺し屋を信州屋にも遣わすという話を耳にした。むろん、妻子もただで済まない。そうなれば、『信州屋』もおしまいだ。それでいいのかと」

「なんと卑劣な」

栄次郎は吐き捨てる。

「信州屋は又一郎が喉を斬られて絶命したことで怯えていたところなので、脅しにあっさり屈してしまったそうだ」

「で、信州屋が『沢むら』で真島さまに語ったことはなんだったのですか」

「やはり、作事奉行と山喜屋がつるんでの寛永寺の修繕に絡む不正だった」

兄の表情は曇ったままだ。

「その不正の証となる書き付けを又一郎に渡したそうだ。しかし、又一郎は持っていなかった。闇太郎が奪って行ったのだ」

「では、不正の証は？」

「ない」

「では、作事奉行と山喜屋を追いつめることは出来ないのですか」

「残念ながら無理だ。というのも、作事奉行と山喜屋は証拠の湮滅《いんめつ》を図ったようだ」

「兄上はそれで浮かぬ顔をしていらっしゃったのですか」

「いや、違う」

兄は顔に手をやりながら言う。

「信州屋が妙なことを言っていたのだ」

兄が戸惑い気味に口にする。

「なんでしょうか」

栄次郎は思わず身を乗り出した。

「なぜ、殺し屋は真島さまが『沢むら』に行ったことを知っていたのか。そのことを知っていたのは三人以外はいないはずなのにと」

「三人？　もうひとり、いたのですか」

栄次郎は驚いてきく。

「そうだ」

「誰ですか」

「又一郎は決まりに忠実だった。勝手にひとりで動くような男ではなかった。おそらく作事奉行と山喜屋の関係を信州屋から聞いてすぐ、組頭さまにその話をしているはずだ」

「…………」

「つまり、又一郎は組頭さまに逐次報告していたのだ。そのことは、信州屋も聞いていたという」

「でも、組頭さまは何も知らないと……」

栄次郎ははっとした。

「組頭さまは嘘をついていたということですね」

「そうだ。組頭さまは又一郎が『沢むら』で信州屋と会うことを知っていたのだ」

「では、闇太郎を雇ったのは組頭さま……」

「そうとしか考えられぬ」

「どうしてでしょうか。なぜ、組頭さまはそんなことを？」

「組頭さまの娘が作事奉行の妾《めかけ》だと聞いたことがある。おそらく、組頭さまも不正に絡んでいるのであろう」

「なんと」

栄次郎は憤然とした。

「組頭さまの不正を追及出来ますか」

「無理だ。証《あかし》がない。しらを切られたら、追及する術《すべ》はない」

「では、手をこまねいているしかないのですか」

「頼りは闇太郎だ。闇太郎の証言があれば、又一郎を殺した疑いで早瀬佐兵衛を捕らえることが出来る」

兄は組頭の名を呼び捨てにした。

「栄次郎。なんとしても闇太郎を見つけ出したい」

「必ずや、捕まえます」

今夜も闇太郎かその仲間らしい男があとをつけて来た。雨の夜に対峙したことを闇太郎も覚えているのかもしれない。

闇太郎に近付く機会はある。栄次郎は今の闇太郎と十年前の闇太郎が別人だと思っている。

だとしたら、十年前の闇太郎はこの三月《みつき》で起きた三件の殺しについてどんな思いでいるのだろうか。

それより、今の闇太郎はなぜ十年前の闇太郎を真似ているのか。そこに何か手掛かりがあるような気がしていた。

二

翌朝、栄次郎は本郷から八丁堀に向かった。与力の出仕は四つ（午前十時）だ。崎田孫兵衛が屋敷を出る前までに到着したかった。

八丁堀に着いたのは五つ半（午後九時）ごろだった。栄次郎は与力の組屋敷に急いだ。

孫兵衛の屋敷の門を入ったとき、廻り髪結いが引き上げて行くところだった。栄次郎は玄関に立ち、呼びかけた。

若党が出て来た。以前に顔を合せたことがある。

「矢内栄次郎です。崎田さまにお会いしたいのですが」

「少々お待ちを」

若党が奥に行った。

十二年前からの三年間に闇太郎は九件の依頼を受け、すべて目的を達していた。九件だが、喉を斬られて死んだのは十人いる。

白河検校の用心棒だった神崎威一郎が加わる。神崎威一郎は闇太郎が依頼を受けた相手ではない。

多くの者から恨みを買っていることを承知していた白河検校は江戸で三剣豪のひとりと言われていた神崎威一郎を用心棒にしていた。

だが、白河検校は吉原の帰りに闇太郎に襲われた。神崎威一郎は用心棒なのに検校を守ることが出来ず、喉を斬られて死んだのだ。

江戸三剣豪のひとりということで、白河検校はかなりな高額の用心棒代を払っていたことは想像に難くない。

白河検校が殺された衝撃の一方で、神崎威一郎の名誉ははなはだしく損なわれたのではないか。

栄次郎はこの神崎威一郎のことが気になっている。

若党が戻って来た。

「どうぞ」

「失礼します」

栄次郎は腰から刀を外して式台に上がった。

客間に通されて待っていると、継上下《つなぎかみしも》の孫兵衛が現れた。

「お出かけになるところを申し訳ありません」

栄次郎は朝の忙しい中の訪問を詫びた。

「何かあったのか」

孫兵衛は厳しい顔できいた。

「十年前のことで、また教えていただきたいのです。白河検校といっしょに殺された神崎威一郎という用心棒がおりましたね」

栄次郎はさっそく切り出した。

「江戸三剣豪のひとりということですが、何をしていたお方ですか」

「小石川《こいしかわ》で剣術道場をしていた。白河検校の用心棒をするようになって、道場を兄の威十郎《いじゆうろう》に任せている」

「道場主より検校の用心棒を選んだのは金ですか」

「そうだろう。かなりもらっていたはずだ。それに、吉原や一流の料理屋などで豪遊するときはいつもいっしょだ。それは楽しかったに違いない」

「で、闇太郎に殺されたあと、道場はどうなったのですか」

「あんな殺され方をしたので失望したのだろう。どんどん門弟がやめていった。数年後には道場は人手に渡った」

「兄の威十郎はどうなりましたか」

「道場が人手に渡ったあと、酒びたりの暮しがたたって早死にしたと聞いている。威一郎が死んで、すべてが狂ったのだ」

「痛ましいですね」

「いや。白河検校の用心棒などしたから罰が当たったのだと、世間の目は冷やかだった」

「神崎威一郎に子どもは？」

「いない、独り身だ」

「そうですか。兄の威十郎はいかがですか」

「倅がいたはずだ」

「いくつでしたか」

「二十歳ぐらいだろう」

「すると、今は三十……」

「それがどうした？」

孫兵衛が不審そうな顔をした。

「当時の道場の事情に詳しいお方をご存じありませんか」

「何を調べようとしているのだ？」

「まだ、なんとも言えないのです。はっきりしたら、お話しいたします」

「気になるな」

孫兵衛は顔をしかめてから、

「小石川片町《かたまち》にある『越後屋《えちごや》』という質屋の伜が神崎道場に通っていた。神崎威一郎が殺された件で、奉行所の者がこの伜に事情をききに行っている。今は、主人になっている」

「名は？」

「孝之助《こうのすけ》か孝治郎《こうじろう》か。そんな名だと思った」

「そうですか。わかりました」

栄次郎は礼を言って立ち上がった。

「今夜、黒船町にはお出でになりますか」

「行く」

「では、そのときにお話をいたします」

栄次郎はあわただしく引き上げた。


それから一刻後、栄次郎は小石川片町にある『越後屋』の客間で、主人の孝治郎と向かい合っていた。孝治郎は三十そこその小肥《こぶと》りの男だ。

「十年前、越後屋さんは神崎道場に通っていらっしゃったとお伺いしました」

栄次郎はきいた。

「はい。子どもの頃から剣術が好きでしてね。押込みがあっても、自分の手で追っ払ってやりたかったのですよ」

孝治郎は笑った。

「その当時の道場主は神崎威十郎どのだそうですね」

「そうです」

「弟の威一郎どのは白河検校の用心棒をしていて不幸に遭いましたね」

「ええ、驚きました。あの威一郎さまがあんな死に方をされるなんて」

「それから神崎道場から門弟が去って行ったとお聞きしましたが？」

「もともとは威一郎さまがはじめた道場ですからね。あとを兄の威十郎さまに任せ、白河検校の用心棒になってからは道場も大きくなりました。検校からもかなりの援助を受けてましたから」

「なるほど。そういうこともあって、威一郎どのは白河検校の用心棒に……」

「ええ。兄威十郎さまも威一郎さまも羽振りはよかったです。ですが、あんなことになって、一変しました。検校からの援助がなくなっただけでなく、門弟もどんどんやめていきました。江戸の三剣豪のひとりと豪語していた威一郎さまが喉を斬られて死んだんですからね」

「道場は人手に渡ったそうですね」

「ええ。最後まで道場に残っていた門弟は私とあと数人しかいませんでした」

「その後、神崎威十郎どのはどうなさったのでしょう？」

「すっかり自棄《やけ》になって、酒びたりの毎日だったようです。ある冬の日、酒に酔って道端で寝込んだらしく、朝になって死んでいるのが見つかったそうです」

「哀れですね。威十郎どのに伜がいたそうですね」

「ええ、威太郎《いたろう》です」

「威太郎どののことはよくご存じなのですか」

「歳が近かったので仲はよかったですね」

孝治郎は懐かしそうに言う。

「威太郎どのは剣のほうはどうだったのでしょうか」

「威一郎さまが天賦の才があると褒めていました。そういうこともあって、威太郎は父親より叔父《おじ》の威一郎さまのほうが好きだったようです」

「その後、威太郎どのとはお会いしたことは？」

「ありません。威一郎さまが殺されて、しばらくしてから姿が見えなくなりました」

「どうしたのでしょうか」

「わかりません。ただ、最後に会ったとき、目をぎらつかせて俺はもっと強くなると言っていたのが気になりました」

「強くなる？」

「ええ。あれから一度も噂を聞かなかったので江戸を離れたのかもしれません」

「威一郎どの、あるいは威十郎どのに実に忠実に仕えていたひとはいましたか」

「古い門弟に門倉伊平《かどくらいへい》という浪人がいました。この門倉さんは最後まで威十郎さまの面倒を見ていました。威十郎さまの葬式を出したのも門倉さんです」

「いくつぐらいでしょう？」

「そう、当時で三十歳ぐらいだったでしょうか」

「すると、今は四十過ぎ……」

門倉伊平かと、栄次郎は呟《つぶや》いた。

「門倉さんともその後、お会いしたことはないのですね」

「ありません」

他に何かきくことはないかを考えて、ふと思い出した。

「威十郎どのの妻女、威太郎どののお母上は？」

「威太郎さまが子どもの頃に流行《はや》り病で亡くなったそうです」

「他に親戚は？」

「なかったように思います。神崎威十郎さま父子と威一郎さまの三人で江戸に出て、小石川に道場を構えるまでになったようです。御国《おくに》は西国《さいこく》のほうだそうですが、詳しくは聞いていません」

孝治郎は語ったあと、

「なぜ、今になってそのようなことを？」

と、訝《いぶか》ってきいた。

「いえ。深い意味はありません」

栄次郎は曖昧に答え、『越後屋』を辞去した。

ぼんやりと何かが見えてきた。しかし、あくまでも想像でしかない。そして、それを確かめるには闇太郎当人を問い詰めるしかなかった。


その夜、栄次郎はお秋の家で、孫兵衛と向かい合った。

「朝方は失礼いたしました」

「『越後屋』の主人に会って何かわかったか」

孫兵衛がきいた。

「はい。何かが見えてきたような気がします」

「何かとはなんだ？」

「今の闇太郎の正体です」

「まさか神崎威十郎の伜とでも言い出すのではないだろうな」

「その、まさかだと思います」

「ばかな」

孫兵衛は冷笑を浮かべた。

「白河検校の用心棒だった神崎威一郎が喉を斬られて死んだことで、神崎道場の信用は失墜しました。門弟はどんどん去り、やがて道場は人手に渡り、道場主だった神崎威十郎は酒びたりの暮しの末に亡くなりました」

栄次郎は孫兵衛の反応を窺いながら、

「神崎威十郎の伜の威太郎は、叔父を殺し父親を死に追いやった闇太郎への復讐を誓ったのではないでしょうか」

と、言った。

「復讐心に燃えることはわかる。だが、闇太郎は謎の男だ。その上、ぴたっと姿を消してしまった。これでは闇太郎の正体を突き止めることなど無理だ。復讐しようにも相手を探し出せなければどうしようもないではないか」

孫兵衛は否定した。

「だから、自分が闇太郎になろうとしたのです」

「自分が闇太郎になるだと？」

「そうです。闇太郎になって殺しを続ける。もし、本物が偽の闇太郎の凶行を知ったらどうすると思いますか」

「闇太郎を誘《おび》き出すために殺戮を繰り返しているというのか」

「そう考えれば、今の闇太郎のやっていることに説明がつきます。殺しの依頼人を自ら探し、なおかつ闇太郎に繋ぎをとる手立てを、あちこちで言い振らしている。必ず、本物がそれを利用して自分に近付いてくるという計算があって、毎月のように殺しを繰り返している……」

「本物が乗ってくるとは限らん」

「いえ。矜持《きょうじ》にかけて本物は現れるはずです」

「矜持だと？」

「はい。本物の闇太郎は法で裁けない悪人を始末していったのです。しかるに、今の闇太郎は逆です。何の罪もない相手を殺している。それも、闇太郎の手口である喉を斬って」

「なぜ、復讐が今になって行なわれたというのだ。十年も経って」

孫兵衛は疑問を口にする。

「十年かかったからです」

「なに？」

「威太郎は剣に天賦の才があったそうです。その威太郎が十年かけて、相手の喉を的確に斬る技を会得したのです。闇太郎と対等に闘える自信が出来、また誘き出せる。それゆえ、今になったのです」

栄次郎は複雑な思いで続ける。

「闇太郎の喉を斬る技を会得するまでの十年間、威太郎は血の滲む修行をしてきたに違いありません」

相手と真正面に対したときのみ、あのように喉を斬ることが出来るのだ。剣を交えながらそのような体勢にもっていき、いっきに喉を斬る。剣の才をもっと別の形でいかせれば、と栄次郎は威太郎を哀れんだ。

「威太郎ひとりでは復讐は無理だ。謎の祈禱師は何者だ?」

「門倉伊平という門弟ではないかと。不遇のうちに病死した神崎威十郎を看取ったのが門倉伊平です」

「…………」

「神崎威太郎と門倉伊平。これが今の闇太郎の正体です」

栄次郎は言い切った。

孫兵衛はしばらく栄次郎を見つめていたが、

「証はあるのか」

と、やっと口を開いた。

「ありません」

「そなたの想像でしかないのか」

「はい。仮に……」

　栄次郎は毅然と続けた。

「私の想像が当たっていたとしても、こちらから神崎威太郎と門倉伊平を見つけ出すことは難しいと思っています」

「では、なす術《すべ》もなく、新たな犠牲者が出るのを待つか。それとも、本物の闇太郎が現れ、偽の闇太郎を倒してくれるのに期待をするか」

「本物の闇太郎がどうしているのか。果たして江戸にいるのかもわかりません。江戸にいたとしても、無視を決め込むつもりかもしれません」

「やはり、何も出来ぬか」

　孫兵衛は憤然と言う。

「ひとつだけ、手立てがあります」

「なんだ？」

「十年前の闇太郎になりすまして、今の闇太郎と繋ぎをとります。復讐に燃えた神崎威太郎と門倉伊平は必ず出て来ます」

「闇太郎と対決するのか」

「はい」

「本物の闇太郎だとどうやって信じ込ませるのだ?」

「それを崎田さまにお聞きしたいのです」

「わしに?」

「崎田さまは十年前、闇太郎に関するあらゆることの報告を探索方から受けておられます。その中に闇太郎にしかない何かがなかったでしょうか。闇太郎がすべて相手の喉を襲ったのは自分の技を誇示するためではないかということでしたね。だとしたら、喉の傷以外に何か自分の痕跡を残していたのではないかと思ったのですが」

「逆だ」

「逆?」

「闇太郎は自分の技を誇示したり、自分の仕業だと思わせようとはしない」

「でも、喉を襲ったのは自分の技を誇示するためだと、奉行所は見ていたということでしたが」

「確かに、奉行所の者はそう見ていた。だが、実際は違うのだ」

「どう違うのですか」

「喉を斬ったのは相手を苦しませず一瞬で死なせるためだ」

孫兵衛は厳しい表情で言う。

「どうして、そう思われるのですか」

「闇太郎は決して罪のない者を殺したりしなかった。おそらく、大道易者にはいろいろな悩みが持ち込まれたろう。その中で、自分の利益のための暗殺依頼はすべて蹴っている。引き受けたのはどうしようもない悪人を始末するものだけだ。そのような男が自分を誇示しようとは思わないはずだ。自分を消すことに努《つと》めていた」

孫兵衛は言い切った。

「どうして、そこまで言えるのですか」

「闇太郎の九件の犯行を見てきたからだ、ともかく、本物の闇太郎だと相手にわからせるものは何もない」

「そうですか、では、こうします。神崎威太郎と門倉伊平、受けて立つと記し、場所を指定した紙を湯島天神の梅の木に結んでみます」

「………」

「乗ると思うか」

「やってみるしかありませんが、私は乗ってくると思います。本物が自分たちの狙いを見抜いていると、神崎威太郎は考えついているのではないでしょうか」

「そうか。では、その場所に奉行所の者を潜《ひそ》ませよう」

「いえ、そのような小細工は通用しないと思います。　私ひとりで対峙しなければなり

ません」

「無茶だ」

孫兵衛は止めた。

「しかし、このままではまた新たな犠牲者が出てしまいます」

「よいか。それを実行に移す前にわしに相談するのだ。よいな」

「わかりました」

栄次郎が素直に応じたのは、孫兵衛にある疑問を抱いたからだ。なぜ、喉を襲った

闇太郎の思いに立ち入ることが出来たのか。

孫兵衛はまだ闇太郎について何か隠していることがあるような気がしてならなかっ

た。

　　　　　　三

　翌日、栄次郎は豊島町の伝蔵の家を訪ねた。

おそのが出て来たが、伝蔵はいなかった。

「今、お得意先まで出かけています。直《じき》に戻ると思いますから、どうぞお待ちくださ い」

そう言い、おそのは奥に向かった。

栄次郎は伝蔵の彫った仏像を眺めた。今彫っているのは阿弥陀如来だろうか。奥の棚に並んでいるのはみな観音様だ。数えると十体ある。左から古い順に並べてあるのか、一番左端と右端の観音像の出来映えに大きな差があった。だんだん、腕が進歩しているのが一目瞭然である。

しかし、古いものは稚拙であっても魂が込められていることは変わりはない。

おそのが茶をいれてきた。

「どうぞ」

「すみません」

栄次郎は湯呑みを摑んだ。

「あの仏像は売り物ではないのですか」

栄次郎はきいた。

「そうです。うちのひとが一番最初に彫ったもので、大事に飾ってあります」

「十体ありますね」

「ええ」

「伝蔵さんが仏像を彫りはじめる何かきっかけがあったのでしょうか」

栄次郎はきいた。

「私も一度きいてみたのですが、心を慰めるためだと言ってました」

「心を慰めるためですか」

「きっと辛いことがあったのでしょうね」

おそのは目を細めて言う。

「なんでしょうか」

「わかりません」

おそのは寂しそうに、

「私はうちのひとに命を救われたのです。だから、今度は私が尽くす番だと思っているのですが、昔のことは何も話してくれないのです」

栄次郎は何か胸の奥にもやもやしたものが生まれていた。

落ち着くために湯呑みを摑んで一口すすってから、

「その後、祈禱師のような男はこの近辺に現れましたか」

と、栄次郎はきいた。

「いえ、気がつきません」

　おそのは否定した。

「そうですか。おかみさんは、誰が大黒屋笹五郎殺しを依頼したのかを知りたいそうですね」

「えっ？」

　おそのが怪訝な顔をしたので、栄次郎はあわてた。

「いえ、元のご亭主に殺し屋を差し向けた人物を知りたいのではないかと思ったものですから」

　栄次郎は自分の勝手な考えだと強調した。

「いえ。そんなこと知ったところで仕方ありません」

「そうなのですか」

　栄次郎は戸惑いながらきき返す。

「はい、私は借金の形《かた》に笹五郎のところに行かされたのです。虫酸が走るくらいに嫌いだった男から解き放たれたのですから、笹五郎を殺してくれたお方には感謝しています。でも、皮肉なことに笹五郎が死んで、私の暮しが立ち行かなくなったんですから皮肉なものです」

笹五郎殺しを依頼した人物をおそのが知りたがっていると伝蔵は言ったが、どうやら伝蔵の作り話のようだった。

「でも、それで伝蔵さんと出会ったのですから」

「そうですね」

「伝蔵さんはその頃から仏像を作っていたのですか」

「ええ。もうその十体はありましたから」

おそのは十体並んだ観音像に目をやった。

「それまで伝蔵さんは何を？」

栄次郎はきいた。

「さあ、話してくれません」

「暮らし向きはいかがだったのですか」

「仏像を買ってくれるひとがいたんです。私もときたま仕上がった仏像を届けに行きました」

「そうなんですか」

「今はだいぶ買ってくれるひとが増えましたから、そのひとからの注文を当てにしなくなりましたが、初期の頃はそのひとが頼りでした」

「そのお方はどういうひとなのですか」

「伊予吉《いよきち》さんとおっしゃって、うちのひとが昔から世話になっていたお方だそうです」

「おいくつぐらいのお方でしょうか」

「今は五十過ぎかしら。穏やかなお方です」

「五十過ぎですか」

栄次郎は五十過ぎという年齢に引っかかった。

「どこにお住まいなのですか」

「築地《つきじ》明石町《あかしちょう》で、小さな荒物屋をやっています」

「荒物屋ですか」

あまり深く問いかけると、不審に思われるので、栄次郎はそれ以上は訊ねなかった。

だが、なんとなく気になった。

「伝蔵さん、まだお帰りになりませんね」

栄次郎は戸口を見て言う。

「そうですね」

おそのがふと表情を曇らせた。

「どうかしましたか」

「いえ」

おそのは首を横に振る。

「おかみさん、何かあるのではありませんか」

おその表情に屈託が窺えた。

「別に……」

「近頃、伝蔵さんは外出することが多いようですね」

栄次郎は思い切ってきいた。

おそのははっとしたようになった。

「やはり、出かけることが多いのですね」

「伊予吉さんのところに行っているんです」

おそのは答えた。

「伝蔵さんがそう仰《おつしや》っていたのですか」

「はい」

「伊予吉さんのところなら、そんな心配することはないのでは？」

「ええ。でも、最近は毎晩なんです」

「毎晩？」

「こんなこと今までありませんでした。それに、うちのひとの顔付きが最近、険しいんです」

　おそのの表情は晴れない。

「何かあるんでしょうか」

　栄次郎は闇太郎との関わりに思いを馳せた。

「じつは……」

　おそのは言いためらった。

　栄次郎は黙って、おそのの口が開くのを待った。

　おそのが意を決したように顔を上げた。

「伊予吉さんのお店は品数も少なく、それほど繁盛しているとは思えないんです。それなのに暮しには困っていないようで。ひところは高値で仏像を買ってくださいました。その後も、ときたま伊予吉さんから援助をしてもらっています」

「そのことが何か気になるのですか」

「伊予吉さんは穏やかなお方なんですが、背中に大きな刀傷があるんです」

「刀傷ですか」

「伊予吉さんは今は堅気《かたぎ》ですけど、昔は違ったのではないかと」

あっと、栄次郎は思った。伊予吉に対しての疑問はそのまま伝蔵にも向いたのではないか。おそのは伝蔵の過去に疑いを持ったのか。

「昔のことで今何かが起こっているのではないかと」

おそのは不安を口にした。

「おかみさん。心配いりませんよ。伝蔵さんを信じることです」

栄次郎はなぐさめたが、闇太郎との関連を想像しないわけにいかなかった。


昼下がり、栄次郎は鉄砲洲《てつぽうず》稲荷を過ぎ、大川沿いの通りを築地明石町にやって来た。

伊予吉の荒物屋はすぐにわかった。小さな店で、軒下にたわしが下がり、箒《ほうき》や塵取《ちりと》りなどが店先に並んでいるが、他の品物は少なかった。

店番もいない。商売っ気などまったくない。

栄次郎は土間に入って、呼びかけた。

「ごめんください」

何度か呼びかけて、ようやく奥から痩せた年寄りが現れた。

「いらっしゃいませ」

「伊予吉さんですか」

栄次郎が問いかけると、伊予吉は不審そうに、

「はい。伊予吉ですが」

と、応じた。

「私は仏師の伝蔵さんと懇意にしている矢内栄次郎と申します」

「矢内さま……」

伊予吉は微かに眉根を寄せ、

「何か」

と、きいた。

「伝蔵さんのことで少しお訊ねしたいことが」

「………」

伊予吉は警戒気味に、

「どのようなことでしょうか」

「最近、伝蔵さんが毎晩のように伊予吉さんのところを訪ねていると伺いました。おかみさんが、何かあるのではないと心配しているのです。そのことでお話を」

少し間を置いてから、

「どうぞ、お上がりください」

と、伊予吉は勧めた。

「では、失礼いたします」

栄次郎は腰の刀を外して部屋に上がった。

狭い部屋で、差向いになった。

「毎晩、伝蔵さんはこちらに何をしに来ているのでしょうか」

栄次郎はさっそくきいた。

「じつは私は数日前に目眩《めまい》がして倒れてしまったんです。今はなんともないのですが、伝蔵さんは心配して、毎晩様子を見に来てくれるのです」

「それなら、どうして伝蔵さんはそのことをおかみさんに言わないのでしょう。一言言って出かければ、心配しないで済んだのでしょうに」

「そうですね。なぜ、でしょうか」

伊予吉は首を傾げた。

「伊予吉さんと伝蔵さんとは古くからのお知り合いなのですか」

栄次郎は突っ込んできいた。

「ええ。まあ」

伊予吉は曖昧に答える。

「伝蔵さんは仏師としての本格的な修業はしていないと仰っていました。それ以前は何をなさっていたのかご存じでしょうか」

「いいえ、知り合った当時から仏像を彫っていました」

「それはいつ頃のことでしょうか」

「伝蔵さんのことをどうしてお調べなのですか」

伊予吉は逆にきいた。

「殺し屋の闇太郎をご存じですか」

栄次郎は口にした。

「今、世間を騒がせていますね」

「はい」

「それが？」

「伝蔵さんは最近、闇太郎と繋ぎをとった様子があるのです」

「まさか」

伊予吉は首を横に振る。

「伝蔵さんに殺し屋に依頼をしなければならない事情はありません」

「殺しを依頼する以外に闇太郎と繋ぎをとらなければならない理由はありませんか」

「あるとは思えませんが」

「伝蔵さんのおかみさんは十年前に闇太郎に殺された大黒屋笹五郎という男の妻女だったことをご存じですね」

「ええ」

「その絡みということはないでしょうか」

「わかりません」

「伊予吉さんは以前は商売は何をされていたのですか」

「鍋、釜を修繕する鋳掛《いか》け屋ですよ」

栄次郎は若い頃の伊予吉を想像した。今は好々爺然《こうこうやぜん》としているが、伊予吉の目つきの鋭さは尋常ではないように思えた。若い頃はかなりの修羅場を潜《くぐ》ってきたのではないかと思わせる凄味を感じた。

背中に刀傷があるとおそのが言っていたが、やはり伊予吉は堅気ではなかっただろう。もちろん、鋳掛け屋であるはずはない。そうなると、伝蔵もまた同じ類《たぐい》ではなかったかと想像される。

「十二年前からの三年間で、闇太郎の手にかかって十人の者が喉を斬られて死んだことを覚えていらっしゃいますか」

「そのようなことがありましたね」

伊予吉は思い出したように答える。

「そのときの闇太郎と今の闇太郎は別人です」

「…………」

「闇太郎に暗殺された白河検校の用心棒をしていた神崎威一郎の甥《おい》の威太郎こそ、今の闇太郎ではないかと思っています」

「なぜ、そのような話を私に？」

栄次郎は伊予吉の問いには答えず、自分の考えを述べた。

「威太郎は闇太郎を誘き出すために十年前の闇太郎の手口を真似て殺戮を繰り返しているのです」

伊予吉は悲しげな顔で、

「本物の闇太郎は誘いに乗って出て来ましょうか」

「出て行くと思っています。おそらく、本物の闇太郎は一連の殺戮は自分を誘き出すためだと察したはずです」

「本物の闇太郎が無視を決め込むことは十分に考えられるではありませんか」

「いえ、ありえません」

「どうしてです？」

「本物の闇太郎は単なる殺戮者ではないからです」

「…………」

「かつての九人の犠牲者はみな悪事を働いているのに法の網にかからない者たちばかりでした。そんな本物の闇太郎は、自分を誘き出すために、何の罪のないひとを殺していく殺人鬼を許せないはずです」

「…………」

「今夜も伝蔵さんはここにいらっしゃいますか」

「来ると思います」

少し間があったが、伊予吉は答えた。

「そうですか。では、失礼いたします」

栄次郎は立ち上がった。

四

栄次郎は築地明石町から築地本願寺《ほんがんじ》の前を通り、木挽町《こびきちょう》から数寄屋橋御門《すきやばしごもん》までやって来た。

そろそろ、夕七つ（午後四時）だ。奉行所の与力。同心も帰宅をはじめる頃である。

栄次郎は南町奉行所の門が見通せる場所に立った、それから四半刻（三十分）ほどして、継上下の与力が供《とも》を連れ門を出て来た。まだ、崎田孫兵衛はいなかった。

しかし、ぞろぞろと出て来る一行の中に、孫兵衛の顔を見つけた。

栄次郎は駆け寄った。

「崎田さま」

孫兵衛は足を止めた。

「どうした？」

孫兵衛は顔をしかめた。

「崎田さまは、十年前に五条天神の参道に出ていた大道易者の顔を見ていたのですよね」

栄次郎は確かめる。

「うむ。それがどうした？」

「顔を確かめていただきたい年寄りがいるのです」

「なに」

孫兵衛は顔色を変えた。

「大道易者を見つけたというのか」

「大道易者かどうか、崎田さまに見てもらわなければわかりません」

栄次郎は迫るように、

「どうか、これからおつきあいくださいませぬか。事態は切迫しております」

と、訴える。

「わかった」

孫兵衛は若党ひとりを残し、挟箱《はさみばこ》持ち、草履《ぞうり》とり、槍持ちなどの供を先に帰した。

栄次郎は孫兵衛と若党とともに来た道を戻った。辺りは徐々に薄暗くなっていた。

明石橋を渡ると、明石町である。小商いの店が並ぶ通りを進み、伊予吉の荒物屋の前にやって来た。

「見ていただきたいのは亭主の伊予吉という男です」

栄次郎はそう言い、店先が見通せる斜向《はすむ》かいの家の路地に身を隠した。さらに暗くなってきて、店から伊予吉が出て来た。

「亭主の伊予吉です」

栄次郎は声をかける。

孫兵衛はじっと見つめた。伊予吉は大戸を閉めた。そして、潜り戸から中に入った。

「いかがですか」

孫兵衛は目を剝いていた。

「あの男だ」

「間違いありませんか」

「間違いない」

「そうですか」

「どうしてわかったのだ？」

「知り合った仏師の知り合いです」

「仏師だと？」

「はい、伝蔵さんといいます。あの亭主が大道易者ならば、伝蔵さんが闇太郎に間違いありません」

栄次郎はこれまでの経緯を語った。

孫兵衛は唸りながら聞いていた。

「伝蔵さんは神崎威太郎と対峙するつもりなのです。でも、伝蔵さんは剣を捨てて十年になるのです。もはや威太郎の敵ではありません」

「それなのに、なぜのこのこ出て行くのだ?」

「伝蔵さんも今の闇太郎の狙いに気づいたからだと思います。威太郎とのけりをつけない限り、闇太郎の殺戮は続くと思ったのでしょう。伝蔵さんは死ぬつもりなのです。引き止めなければなりません」

栄次郎は孫兵衛に顔を向け、

「これから伊予吉さんを問い詰め、伝蔵さんに思い留《とど》めさせます」

と言い、店に向かった。

「待て」

孫兵衛が引き止め、

「わしも行く」

「しかし」

自分ひとりがいいと思ったのだが、孫兵衛は若党を先に帰し、勝手に店に向かって歩きだした。栄次郎も追いかける。

潜り戸の前で、孫兵衛が言った。

「亭主との話はわしに任せろ」

「えっ？」

「さあ、戸を」

孫兵衛に急かされ、栄次郎は戸を叩いた。

「伊予吉さん。矢内栄次郎です」

声を張り上げる。

ほどなく、潜り戸が開いた。

「伊予吉さん、よろしいですか」

栄次郎は声をかける。

「どうぞ」

「失礼します」

先に栄次郎は土間に入って、

「じつはもう一方、お出でなのです」

と、伊予吉に告げた。

その声を合図に、孫兵衛が入って来た。

「あなたは……」

伊予吉が唖然とした。

「うむ。まさか、もう一度会うことになろうとは」

孫兵衛が言う。

栄次郎はふたりの顔を交互に見つめ、

「どういうことなのですか」

「おいおい話す」

孫兵衛は言う。

伊予吉は観念したようにため息をつき、

「どうぞ、お上がりください」

と言い、先に立った。

さっきと同じ部屋に通された。

「こんなところで暮らしていたとは思いもしなかった。江戸を離れ、派手な暮しをしていると思っていた」

孫兵衛が切り出す。

「やはり、江戸を離れることは出来ませんでした」

伊予吉は静かに答える。

「闇太郎とはいっしょではなかったのか」

「仏師の伝蔵として豊島町で暮らしております」

伊予吉は栄次郎の顔をちらっと見た。

伊予吉はあっさり正体を明かした。

「今の闇太郎の騒ぎをどう見ていたのだ？」

「もちろん驚きました。相手の喉を斬るという手口を真似ているのですから。武士ふたりにも正面から喉を斬っていたことに伝蔵も衝撃を受けていました。それほどの力量の者が現れたという驚きとともに、あえて真似をする理由に想像がついたからです」

「偽の闇太郎が誰かわかったのだな」

「はい、白河検校の用心棒だった神崎威一郎の身内の者だと……」

「甥の神崎威太郎と門倉伊平という神崎道場の門弟のふたりの仕業です」

栄次郎が口を入れる。

「やはり、復讐だったのですね」

伊予吉は口許を歪めた。

「そうです。真の闇太郎を誘き出すために、罪もない相手を殺してきたのです。伝蔵さんが名乗り出なければ、まだ殺しを続けたでしょう」

「ええ、伝蔵もそのことを気にして、繋ぎをとったんです。案の定、相手から近付いてきました」

「どのように話がついたのですか」

「果たし合いです。闇太郎同士の……」

伊予吉は苦痛のように顔を歪めた。

「伝蔵さんはとうに侍をやめているのではありませんか」

「そうです。この十年、剣を持っていません」

「それなのに果たし合いを？」

「そうでもしないと収まりがつきません。相手の狙いはあくまでも闇太郎ですから」

「無茶です」

栄次郎は憤然と言う。

「伝蔵はここしばらく夜はこの家に隠してある伝蔵の刀を持ち、鉄砲洲稲荷の裏で素振りをしていました。わずか数日でしたが、だいぶ勘を取り戻したと言ってました」

「そんなはずはありません。十年前の力の半分もいっていないはずです。それに実戦からも遠ざかっていれば、とうてい神崎威太郎の相手にはなりません」

栄次郎は強い口調で訴える。

「伝蔵もよくわかっています」

「伝蔵さんは死ぬつもりなのですね」

栄次郎はため息をつく。

「これ以上の犠牲者を出さないためにはこれしか方法はなかったのです」

「残されたおかみさんはどうなるのですか」

「暮しに困らないように手当てはしてあります。お金も預かってあります」

「お金の問題じゃありません。おかみさんは伝蔵さんを頼っているのです。そのひとが突然いなくなったらどうなると思いますか」

「…………」

「それに、神崎威太郎と門倉伊平が仇《かたき》を討ったら、殺し屋をやめると思いますか。もはや、ひとを斬らなければいられなくなってしまっているかもしれません」

「…………」

「果たし合いはいつですか」

「今夜です」

「今夜？　どこですか、場所は？」

「それは……」

「伝蔵さんを見殺しにするのですか」

伊予吉は苦しそうに呻いた。

「教えてください。どこですか」

「伝蔵の思いを汲んでやってください。これは伝蔵が片をつけなくてはならないことなのです」

「どうしても教えていただけないのですか」

栄次郎は迫る。

「伊予吉。言うんだ」

孫兵衛も問い詰める。

「場所はきいていません。ほんとうです。ほんとうに知らないのです。聞かないようにしていました。ただ、今夜だとだけ」

伊予吉が場所を知らないのはほんとうのようだった。

「心当たりはありませんか。伝蔵さんの口振りから何か察せられることはありませんかでしたか」

「いいえ。聞いておけばよかった」

いまさら悔いて、伊予吉は歯嚙みをしたが、栄次郎は諦めなかった。

神崎威太郎は闇太郎になりすましてまで、伝蔵を誘き出したのだ。威一郎の仇を討ちたいという激しい思いを持ち続け、十年もかけて喉を斬る技を会得したのだ。その凄まじい復讐の仕上げの場としてふさわしいのは……。

栄次郎ははっと思いついた場所があった。

「白河検校は吉原の帰りに襲われたそうですね。その場所はどこですか」

「日本堤《にほんづつみ》を下り、待乳山《まつちやま》に向かう途中だ。西方寺《さいほうじ》の前だ」

「西方寺」

栄次郎はすっくと立ち上がった。

「そこに行ってみます」

孫兵衛と伊予吉が何か叫ぶ声を無視して、栄次郎は飛び出して行った。

半刻あまり後、栄次郎は西方寺の山門の前に到着した。

山門の前は静かだった。栄次郎は山門を潜った。境内にひとの姿はない。本堂の裏にまわる。

裏口の戸が半開きになっていた。栄次郎はそこに向かった。月が皓々《こうこう》と照っている。

裏口を出た。寺の裏手は野原が広がっていた。その中に、ふたつの影が対峙をしているのがわかった。

背を向けているのは伝蔵だ。そして、少し離れた対面に笠をかぶった侍が立っていた。

「伝蔵さん」

栄次郎は声をかけた。

はっとして、伝蔵が振り返った。

「矢内さま」

「あなたはもう剣を捨てたのです。立ち合いはいけません」

栄次郎は伝蔵の前に出て、笠をかぶった侍に向かった。

「神崎威太郎どのですね」

「矢内栄次郎か」

「やはり、私のことを調べていたのですね」

「俺の剣を逃れた相手だ。いつかもう一度、挑もうと思っていた。しかし、今はそなたではない」

「いえ、私がお相手をします。伝蔵さんは十年前に剣を捨てたのです。今は剣客ではありません」

「そのようなことは関係ない。叔父を斬り、神崎道場の信用を失墜させて父を死に追いやった男を斬るのだ。どけ」

威太郎は剣を構えた。

「矢内さま。これは私の問題です」

背後から、伝蔵が言う。

「あなたは死ぬつもりでしょうが、偽の闇太郎がそれで殺し屋稼業をやめると思いますか。闇太郎はまだ続けていくと思います」

そう言い、威太郎に向かい、

「いかがですか。まだ、殺しを続けていくつもりではないのですか」

「俺は叔父の仇を討つ。それだけだ。どけ」

威太郎は一歩踏み出した。

「矢内さま」

伝蔵が叫ぶ。

「私にお任せください」

栄次郎も一歩前に出た。

「いくぞ」

威太郎が剣を顔の前に構え、間合いを詰めて来た。栄次郎は自然体で立ち、相手が迫るのを待ち構えた。

突然、相手が突進して来た。途中で、剣を逆手に持ち替えたのがわかった。栄次郎は右足を前に出して腰を落とし、刀の柄《つか》に手をかけた。相手の剣が凄まじい勢いで栄次郎の顔面に迫ろうとした刹那、栄次郎の剣が鞘から抜かれた。

栄次郎の剣が相手の剣を下から弾いた。威太郎はさっと後退《あとずさ》った。栄次郎は素早く剣を鞘に納めた。袂《たもと》が裂けているのに気づいた。

「居合か」

威太郎が冷笑を浮かべた。

「今度は容赦せぬ」

再び、威太郎は剣を顔の前で構え、刃を上に向けた。栄次郎は自然体で構えたが、体の向きを少し斜めにした。

威太郎が戸惑いを見せた。

威太郎は喉を正面から斬る。そのためには剣を交えながら正面に向き合うように持っていき、対面になった瞬間に剣を逆手に持って斬りつけるのだ。

斜めに構えた栄次郎に対し、威太郎はすぐには喉を襲えない。威太郎は構えを正眼に直した。そして、徐々に間合いを詰めながら横に移動した。栄次郎もそれに合せて体の向きを変えて行く。

威太郎が焦っているのがわかった。間合いが詰まるや、上段から斬り込んで来た。栄次郎は腰を落とし、伸び上がるようにして剣を抜いた。

剣と剣が激しくかち合い、火花が散った。再び、両者は別れた。

剣を鞘に納め、栄次郎は体を斜めに構える。威太郎は同じように正眼から間合いを詰めて来た。いよいよ斬り合いの間《ま》に入ったとき威太郎は斬り込んで来た。栄次郎は体を威太郎の正面に戻した。

威太郎が驚愕したように目を見開いた。向かって来る威太郎に向かい、栄次郎は居合腰から抜刀した。

威太郎の攻撃にわずかな狂いが生じた。そのわずかな狂いを見逃さず、栄次郎は剣を抜いた。

相手の剣先が栄次郎の喉元を掠めたが、栄次郎の剣は威太郎の胴を斬った。威太郎はよろけながら数歩先に行き、そこで倒れた。

栄次郎は駆け寄った。

「威太郎どの」

栄次郎は威太郎の肩を抱き起こす。

「雨の夜、そなたに会ったとき、こうなる運命を感じ取っていた」

苦しそうな声で、威太郎が言う。

「あなたは神崎威一郎どのが斬られたときからずっと仇を討とうとしていたのですか」

「そうだ。闇太郎と同じ技を身につけようと信州《しんしゅう》の山奥で剣の腕を磨き、闇太郎の得意技を身につけた。無念だ」

威太郎は苦しそうに言う。

そこに提灯《ちょうちん》が近付いて来た。

「伝蔵さん」

栄次郎は声をかける。

「早くここを立ち退いてください。おかみさんのところに戻るのです。あとは任せてください。早く」

「はい」

伝蔵は提灯の明かりと反対方向に向かって駆けだした。

「矢内さま」

提灯の明かりが近付いて来た。

「親分」

勘助だった。同心の木戸松次郎もいっしょだった。

「この男が闇太郎か」

「そうです。医者に連れて行きたいのですが」

栄次郎が言うと、威太郎は喘ぎながら、

「無駄だ」

と、訴えた。

「門倉伊平はどこに？」

栄次郎はきいた。

「近くにいるはずだ」

勘助が素早く辺りを見まわりに行った。

「もうひとつ、お聞かせください。御徒目付の真島又一郎さまを斬ったのは誰の依頼なのですか」

「…………」

「この期《ご》に及んでも、殺し屋の信義を守るということですか」

そのとき、勘助の声がした。

「旦那」

「どうした？」

松次郎がきく。

「こっちで年配の男が腹を切っています」

「なに」

「門倉伊平ですね」

栄次郎は威太郎に訊ねる。

「伊平は先に逝ったか」

聞き取れないほどの弱い声で、威太郎は続けた。

「組頭の早瀬佐兵衛だ」

「早瀬佐兵衛さまの依頼で、真島又一郎さまを斬ったのですね」

「そうだ」

それが最期の言葉だった。

威太郎は首を垂れた。栄次郎は静かに横たえ、瞼《まぶた》を閉じた。合掌《がっしょう》しながら、闇太郎に一生を翻弄された威太郎を哀れんだ。

威太郎の亡骸《なきがら》に皓々と照る月の光が降り注いでいた。

五

翌日、栄次郎は豊島町の伝蔵の家に顔を出した。

「矢内さま」

伝蔵が立ち上がって上がり框《かまち》まで出て来た。

「おかみさんは？」

「今、出かけております」

「そうですか。では、お話をしてだいじょうぶですね」

「へい」

「神崎威太郎と門倉伊平は亡くなりました」

伊平が腹を切ったことを話し、

「これですべて片がつきました」

昨夜、帰宅し、兄に組頭早瀬佐兵衛のことを話した。

「あっしのことが残っています」

伝蔵は口にする。

「十年前のことを今から明かすことは出来ません。それに、奉行所のほうでも、そこまで追及する考えはないようです」

昨夜、あのあと、崎田孫兵衛も遅れて西方寺に駆けつけた。伝蔵と伊予吉の始末を孫兵衛にきくと、今回の闇太郎事件と関わりないとはっきり言ったのだ。

「ですから、もう忘れてください」

栄次郎はそう言ってから、

「あの観音様。十体ありますね」

と、棚に並んでいる観音像に目をやった。

「ひょっとして、十体というのは?」

「はい。私が殺した十人の菩提を弔《とむら》うために彫りはじめました」

伝蔵も観音像に目をやって言う。

「やはり、そうでしたか。だから、魂がこもっているのですね」

栄次郎は気になっていることをきいた。

「伝蔵さんは武士だったのですか」

「はい。九州の大名に仕えておりましたが、上役の不正を暴いてご家老に訴えたところ、逆に私が悪者にされました。上役からご家老に賄賂《わいろ》が渡っていたのです。それで、御家から逃げ出しました。二十三歳のときです。その後、九州の山奥に入り、熊や狼と闘いながら暮らし、三十になって江戸に出たのです。西も東もわからないときに伊予吉さんと知り合ったんです。伊予吉さんの世話で、芝神明 町《しばしんめいちょう》の長屋に住むようになり、口入れ屋で仕事を探して暮らしていました」

「それなのに、なぜ闇太郎に？」

栄次郎は疑問を口にした。

「伊予吉さんは盗人《ぬすっと》でした。ある旗本の屋敷に忍び込んだとき、そこの殿さまが女中を手込めにしようとしたところ激しく拒まれたそうです。かっとなった殿さまが刀を持って来て斬り殺すところを見てしまったそうです。女中のふた親には女中が手文庫から金を盗んだので咎め立てしたところ歯向かってきたので討ち果たしたと話したようです。伊予吉さんは我慢が出来ず、ふた親にほんとうのことを告げたそうです。ふた親は殿さまに真相を確かめたところ、逆に盗んだ十両を娘に代わって返せと迫ったのです」

「なんとひどい。それで、そのふた親はどうなさったのですか」

「奉行所に訴えたところ、奉行所は旗本の言い分を信じ、十両を返済するようなお裁きをくだしたそうです」

伝蔵は息継ぎをし、

「それから母親は心労から倒れ、そのまま亡くなり、父親も弔《とむら》いを済ませたあと、首を括《くく》りました」

「…………」

栄次郎は痛ましさに胸が締めつけられた。

「伊予吉さんは責任を感じ、旗本屋敷に忍び込み、寝ている殿さまの喉を斬って仇を討ったそうです。ところが、騒ぎを聞きつけた家来に襲われ、背中を斬られ、命からがら逃げて来たそうです」

背中の刀傷はそのときのものかと、栄次郎は合点した。

「伊予吉さんはそういうことがあって、またどこかで理不尽な話を聞いてきたんです。そして、私にこう言いました。のうのうと生きている悪人を倒さないかと。私もそれを聞いて、泣いているひとを助けるために立ち上がろうと思ったんです」

「そうでしたか」

「私は山奥の暮しで、熊や狼を仕留めるときには、苦しませないように一瞬で死なせるために喉を斬っていました。ですから、相手がひとであれ、喉を狙ったのです。どんな悪人であれ、苦しませずにあの世に送ろうと……」

「そうでしたか。最後にもうひとつ。なぜ、大黒屋笹五郎、つまりおそのさんの元亭主を最後に殺しをやめたのですか」

「悪人であろうが、ひとを殺すたびに自分の中で、何かが壊れていくような気がしてきたのです。やはり、どこか心の中で疚《やま》しさがあったのかもしれません。もう終わりにしたいと言ったら、伊予吉さんも同じ思いだったようです。ただ、伊予吉さんは最後にこれだけはやりたいと。それが大黒屋笹五郎でした」

「そのおかげで、おそのさんと出会うことになったのですね」

「ええ、不思議なものです」

「でも、どうして伊予吉さんは大黒屋笹五郎を殺《や》りたかったのでしょう。そもそも、依頼は誰なんでしょうか」

「知りません。依頼人と会うのは伊予吉さんだけです」

「ちなみに請負料はかなりとっていたのですか」

「それほどとっていなかったはずです。ただ、あとから謝礼をたくさんくれるところもあったようです。ちなみに、白河検校のときは、複数の依頼人だったこともあり、二百両をもらったと言ってました。少ないところでは一両だったところもあったそうです。私は金をもらっての殺しでは大義がなくなってしまうので金をもらわないようにしていました。ただ、伊予吉さんからは何かあるたびに援助していただいていましたが」

「いろいろ執拗《しつよう》におききして申し訳ありませんでした」

「いえ。矢内さまには助けていただき感謝しています」

「いえ、とんでもない」

「おかみさんによろしくお伝えください」

栄次郎は立ち上がった。

戸口に向かいかけたとき、戸が開いておそのが帰って来た。

「まあ、矢内さま」

おそのの明るい表情に、栄次郎は安堵した。

「もう、お帰りですか。お茶ぐらい、いかがですか」

「いえ。また、寄らせていただきます」

「そうですか。矢内さま、いろいろありがとうございました」

「いえ」

おそのがどこまで知っているのかわからないので、曖昧に答える。

「ぜひ、近々お出でください」

おそのに見送られて、栄次郎は土間を出た。


それから元鳥越町の杵屋吉右衛門の稽古場に寄り、久しぶりに思う存分に稽古をつけてもらい、それから浅草黒船町のお秋の家に行った。

夕方になって、崎田孫兵衛がやって来た。

栄次郎は居間で孫兵衛と向かい合った。

「崎田さまのおかげで、伊予吉さんも伝蔵さんも何事もなく過ごせます。ありがとうございました」

栄次郎は礼を言う。

「いや、十年前のことを調べ直しても今さら何も出て来ないだろうからな」

孫兵衛は厳しい表情で言う。

「少し、お訊ねしてもよろしいでしょうか」

「なんだ?」

孫兵衛は面倒くさそうに、

「手短にな」

と、付け加えた。

「伊予吉はさんは崎田さまを知っていたようですね」

「当時の闇太郎事件については南町挙げて総力で探索をしていた。その指揮をとっていたのはわしだ。だから、知っていたとしても不思議ではない」

「五條天神の参道に出ていた大道易者の様子を見に行ったとき、易者に話しかけなかったのですか」

「話しかけたかもしれない。が、こっちは南町の身分を隠していた。特に印象に残る話をしたわけではないからな」

「三年間に亘《わた》り、九件の犯行が行なわれましたが、南町はどれも解決に至ることは出来ませんでした。なぜなのか、不思議な気がしました。九件のうち、何件かは何らかの手がかりが残っていたのではないかと勝手に想像してしまったのですが」

「闇太郎のほうが上手《うわて》だったというわけだ」

「そうでしょうか」

「なに？」

孫兵衛は顔色を変えた。

「私には奉行所は、いえ、崎田さまが手心を加えていたのではないかと思ってしまったのですが」

「なにを言うのか」

孫兵衛は苦笑した。

「おそらく、奉行所では当時の闇太郎に共鳴していたのではないですか。殺す相手は法で裁けない真の悪党ばかりだったのですから」

「…………」

「どんなに非道が行なわれていても、奉行所では手の出せない相手ばかりだった。そんな連中を懲らしめてくれる闇太郎は奉行所にとってはありがたい存在だった。だから、あえて見逃してきた面もあったのではありませんか」

「ばかな」

孫兵衛は顔をしかめた。

「でも、さすがに三年間に亘ると、奉行所の立場も悪くなってきた。これは勝手な想像ですが、老中から叱咤されたお奉行に闇太郎を早くなんとかせよと、崎田さまも責められるようになった」

孫兵衛は黙って聞いている。

「崎田さまの本音は闇太郎をそのままにしておきたかった。奉行所に代わって悪を成敗してくれる闇太郎は大切な存在だったのではありませんか。でも、それも限界にきた」

「何が言いたいのだ？」

「崎田さまはその時点で五條天神の参道に出ていた大道易者の正体を見抜いていたのではありませんか」

「…………」

「闇太郎のほうも殺しをやめにしようと思っていたのです。ところが、仲介人の大道易者が最後だからといった仕事が大黒屋笹五郎を殺ることだったそうです。そして、それを最後に、闇太郎は消えました」

「…………」

「崎田さまは大道易者を捕まえようと思えば捕まえられたのではありませんか。でも、崎田さまはそれをしなかった」

「見ていたようなことを言うな」

「想像です。崎田さまは大道易者に大黒屋笹五郎を殺すことを命じ、それを最後に闇太郎を消すように言ったのではないでしょうか。つまり、奉行所は闇太郎を追わないという約束もした」

「なかなか面白い想像だ」

孫兵衛は苦笑した。

「私は崎田さまの始末のつけかたを称賛したいと思います」

「称賛か。しかし、そのために十年後の今日、復讐に燃えた偽の闇太郎を産んでしまった」

孫兵衛は自嘲ぎみに口許を歪めた。

「いえ。先の三件の殺しは偽の闇太郎が産まれたから起きたのではありません。欲望に駆られた者がいたから起きたのです」

「そうだの」

孫兵衛は栄次郎の想像を事実として認めたのだ。

「よし、栄次郎どの。酒を酌み交わそう。今宵はつきあえ」

「わかりました。おつきあいいたします」

栄次郎は笑みを浮かべて応じた。

二見時代小説文庫

帰《かえ》って来《き》た刺客《しかく》 栄《えい》次《じ》郎《ろう》江《え》戸《ど》暦《こよみ》 24

著者 小杉健治《こすぎけんじ》

発行所 株式会社 二見書房
〒一〇一-八四〇五
東京都千代田区神田三崎町二-一八-一一
電話 〇三-三五一五-二三一一［営業］
〇三-三五一五-二三一三［編集］
振替 〇〇一七〇-四-二六三九

印刷 株式会社 堀内印刷所
製本 株式会社 村上製本所

落丁・乱丁本はお取り替えいたします。
定価は、カバーに表示してあります。

 ISBN978-4-576-20145-0
https://www.futami.co.jp/